早安，窗邊上的玫瑰

廖玉蕙 著
蔡全茂 圖

目錄

輯五　希望能做一樣的夢

跋

自序
種在心裡的玫瑰

寫作於我已不是少年時的躍躍欲試，不知從何時起，它變成淪肌浹髓的想當然耳。我應該算是產量不少的文字工作者，雖然起步不早，三十多歲才開始，卻延續甚久，至今仍勤寫不輟。我盡量維持適度的產量，不多不少，時有文章見報，但又嚴防寫太多，唯恐編輯見了走避不及。當然得感謝報章雜誌的編輯不嫌棄，但也嘉許自己的恆心與毅力。

寫作的魅惑力難擋，沒有任何演講、評選或評審行程的日子，我總是慣於早起一杯咖啡在手後，就打開電腦，開始在腦袋中掃描寫作的題材，跟這些題材道早安，然後，認真跟它們建立關係。

即將出版的新書《早安，窗邊上的玫瑰》，源自於我最喜歡的兩位電影大師的作品：小津安二郎《早安》和阿莫多瓦《窗邊上的玫瑰》的名稱組合。小津的《早安》幽默地用很會放屁的長輩備受兒童的崇仰、模仿，暗喻寒暄猶如放屁，都是生途必要，寒暄之能潤澤人際一如放屁是開刀後病患轉危為安的關鍵，電影顛覆了寒暄是「無心意的贅語」成見，非常幽默有趣。我極喜小津電影裡穿街過巷的小市民家常，他直探語言的欲吐還藏及延展性，這是我下筆時戮力追求的境界。小津電影中，不時呈現從狹小屋宇間的縫隙仰望天空的鏡頭，凸顯井底看天的人生難免的局限，我完全能憬悟這份虛心。

阿莫多瓦一逕聚焦「女人心事」。《窗邊上的玫瑰》的主角人物莉歐，是個「花系列」言情小說的暢銷作家。她婚姻出現危機，寫作面臨浪漫和寫實的抉擇，市場機制與心之所向交戰，讓她失落縈心，感覺諸事不順；最後回歸生長的土地，在母土上接受鄉親、沃土的撫慰，毅然拋開猶疑困擾，展現窗邊上玫瑰般帶刺的強韌生命力，傾力回應內心的召喚，由是隨心所欲地誠實寫作。電影的展演，綿裡藏針，戲中還有戲，演、歌相互連綴，都會的繁複躁急對照故鄉的悠長舒緩，溫馨的民情夾帶著村俗的憨厚，真是豐饒有致。鋪敘的節奏，韻律感十足，巧思處處，甚稱靈動無比，我看它多少遍都不厭倦。

我之所以不憚辭費，用筆墨勾勒兩齣電影的情節，志在傾吐個人的寫作理想。我越界向大師致敬，私心裡蠢動著熱血，希望文字也能如小津的簡約明淨，以小搏大；手法則希望取法阿莫多瓦的搖曳生姿。當然那是奢望，但人生沒有過度的夢想，怎有機會得乎其中！我尤其羨慕他們的電影總是流暢從容，即使是黑色恐懼或藍色憂傷中都夾帶讓人莞爾的趣味。

其實，我更聯想起年少時閱讀的《小王子》。小王子離開他深心愛戀的那朵玫瑰，遍遊各小行星，到處道早安、說再見。他想結交新朋友，卻常因失望而感受寂寞。他原以為他懸念的那朵玫瑰是獨一無二的，卻在途中的一個花園內，一口氣就看到五千朵模樣相同的，他大為吃驚、失望。幸而就在那時，他邂逅了狐狸。狐狸開解小王子，做朋友必須經過馴養，才能建立關係。「馴養」的意思是：「對我來說你不過是個小孩，和成千上萬的其他小孩沒有兩樣。我不需要你，你也不需要我。對你來說，我和成千上萬的其他狐狸沒有什麼不同，但若你馴養我，那麼我們便相互需要了。對我來說你就是全世界獨一無二的。對你來說，我也是全世界獨一無二的。」

小王子很快就領悟了原來他和玫瑰深摯的情感是建立在日日的相互照應上，家鄉的那朵玫瑰對他而言，因此與眾不同。狐狸還告訴他「馴養」須有耐性，「起先，你要坐在離我不遠的地方——就像那樣——在草地上我用眼角看你，你不說什麼。語言是誤會的根源，但是你會每天坐得靠近我一點。」我驚訝地發現「語言是誤會的根源」正是小津《早安》所要演繹的重點，也跟我一向主張的「不管寫作或閱讀都是相互靠近的練習」不謀而合。

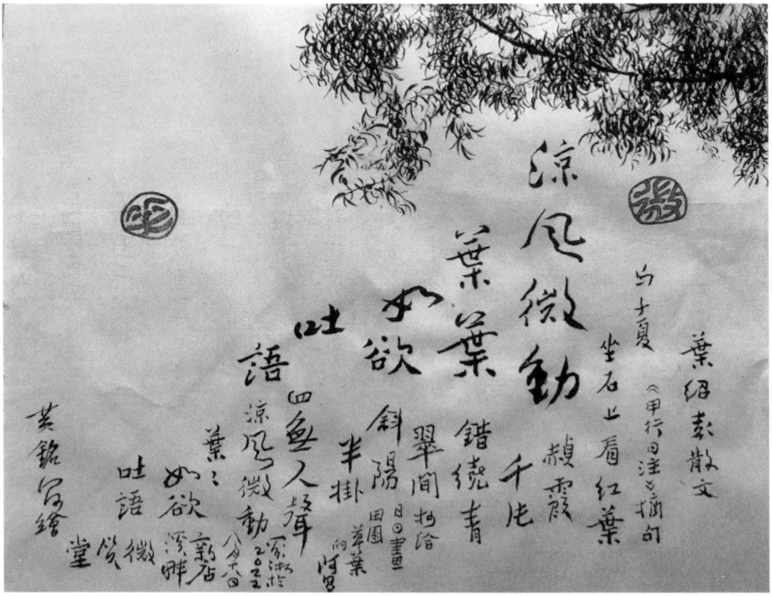
涼風微動
葉葉如欲
吐語

啊！正是這樣。因為日日望向書桌上的稿紙或電腦，每日跟它晨昏定省，所以，寫作成為我生途中最鍾愛的玫瑰。我日日勤加澆灌，它天天陪我度過晨昏。我的玫瑰不只擺在窗邊了，它甚至種進了我的心裡；何況，我的初中英文老師老早以前就幫我取了英文名字——Rose，是無意中的巧合？還是原本就自「愛」自憐？

本書的封面，承蒙奚淞先生賜字添光，他並和黃銘昌先生以圖文搭配方式惠賜「葉葉如欲吐語」一張，特別在此申謝。外子所繪五張輯圖的風景，靈感來自老友紅珠位於紐約上州凱茲磯山居家樣貌，藉此連結，我們慶祝情誼多年，熱情永遠不減。另外，要特別謝謝九歌出版社長期以來的關照與支持。合作了二十八年餘，九歌總是無條件支持，我習慣性地把這分厚待視為理所當然，從未言謝，因緣於老錯覺已是一家人，真是不好意思。

廖玉蕙

輯一　人生如是美好

人生，如是美好

那天，運氣不錯。

我剛從大樓的電梯出來，衝進復健醫院，沒注意玻璃門，撞了一大下，聲大如雷，驚天動地。醫生、護理人員和病患都跳起來。醫生還衝出來看我。正復健中的病患，應該都覺得他們的運氣很好，撞到門的不是他們。我也覺得我的運氣很好，撞到的是醫院的大門，它很堅固，沒被撞破，不用賠；而且醫生很快衝出來，趕緊給我冰敷。鼻梁沒塌，臉頰沒歪；額頭來不及腫起來就被冰敷擺平。我覺得太幸運了！

朋友當天聽說了，叮嚀我：「還是要注意身體反應喔，如果想吐或頭昏昏的，要趕緊去掛急診，至少得觀察三天。」也有人以自身經驗警告我，說：「年初曾有類似碰撞玻璃門情事，三天後才產生嚴重的眩暈現象；去醫院回診，醫生說是耳石移位。有一陣子，眩暈嚴重到起臥都彷彿整個人被丟到洗衣機裡面旋轉一般，症狀持續了好長一段時間。」我被嚇得戰戰兢兢過了三天，頭沒暈，證明耳石沒移位，全家額手稱慶。

好多人因為我的莽撞，對玻璃門擦得太乾淨的人家深表不滿，說此事證明整齊、清潔、簡單、樸素、迅速、確實不一定能過新生活，倒可能害死人。一位教授回憶起乾淨玻璃門之為害，還挺生氣的。他說：「台大附近一家小餐廳，玻璃門很乾淨，我一不小心要進門時，撞到了玻璃，眼鏡都撞掉了。進了店裡，我跟老闆說，也許可以在玻璃門上貼一點彩色貼紙。老闆不但沒有問我頭有沒有受傷，還說就算貼了貼紙，還是有人會往上面撞啊。從此這家店，我就不去了。」

我聽說了，更覺得自己幸運了！門被我撞到的那家醫院很積極處理，不但醫生跑出來問診、指揮我立刻躺平、叮囑護理師給我冰敷，護理師還每隔幾分鐘過來床邊探看我有沒有暈過去並噓寒問暖，我決定以後要常去那家醫院「交關」。

這位教授的控訴，還讓我想起並慶幸當天我出門忘了戴眼鏡，才幸運地逃過毀容之劫，也沒讓眼鏡碎片插入眼珠子裡；而且萬一眼鏡撞破了，漸層眼鏡重配一副可不便宜。我越想越覺得自己太幸運，但有人不這麼認為，立刻問我：「妳是不是沒戴眼鏡才沒看到玻璃門？」我不做如是想。平心而論，是我逞勝爭強，想搶在另一位與我同時走出大樓電梯的病患之前進門去掛號，我因之開始反省，立志改掉這種急性子；往長遠想，這未嘗不是因禍得福。

事情過了一星期，我以為已度過危險期，整顆懸著的心總算放下。沒料到有人忽然在我臉書上又用聳動的文字留言說：曾有人因此把腦脊髓液撞得從鼻腔流出，很危險。我瞬間又緊張起來，他教我：「得小心觀察，記得睡覺把枕頭墊高，萬一有頭暈想吐要趕快看醫生，觀察期三至十四天。請睡旁邊的老公注意，還有每天檢查枕頭，萬一有濕濕的！可能有事。」外子因此也夜夜神經質地半夜起來檢查我的鼻息；我則每天早上一睜開眼睛就先檢視枕頭上有沒有噴出的脊髓液？雖然我完全不知道脊髓液長成什麼模樣。如是，又驚心動魄度日，長達一個多月。

一日，回台中住了幾天，先行網路預購星期六早上十一點三十九分的高鐵票準備北上，以便接手當日午後被送來給我們照顧的小孫女。但北上前一晚，兒子忽然來電，徵詢調整照顧二姝時間為星期日，說這樣方便他們星期天處理突發事件，我們也因此可以慢慢北上，不急。一兼二顧。

車票都已經預購了，「不急」意味著可以有怎樣的不同？身在台中的三人面面相覷，最後總算取得共識——去高鐵站時，可以改為悠閒散步到潭子火車站，搭區間車前往新烏日，再轉搭高鐵，不必多花五百多元計程車車資。三人都自我感覺良好，覺得睿智。誰知，單純的這個近乎阿Q的「不急」轉念作法，竟惹出「急死人的後果」。

如果是平日單刀赴會去演講，我一定會在前一晚，Google所有相關資料，把路程及所需時間弄清楚，確定從家裡出發的時間。但是，此番是跟外子、女兒一起，我難得清閒，又被提醒可以「不急」；於是，一整個放空，任憑他父女二人處理。沒料到稍一疏忽，便鑄成大錯，釀出慘案。外子錯估時間，把區間車誤判如台北捷運般每五、六分鐘就有車接駁到高鐵站，結果在台鐵火車站鵠候近二十分鐘，車子才姍姍前來。經Google後，赫然發現十一點三十四分才能駛抵新烏日車站。

只剩五分鐘的時間，我們得在台鐵烏日站下車、搭電梯上樓出台鐵閘口；再穿越連通道直奔高鐵站，再進高鐵閘口、搭電梯上月台。趕得上嗎？五分鐘。我估量時間不夠，主張：「沒趕上也沒關係，不急，我們可以搭下一班。今天不是星期五或星期天晚上，自由座應該有位置。太趕，萬一跌倒什麼的，划不來。」偏偏平日最保守的那一老一少居然意外樂觀振奮起來，堅持追趕，誓言：「不到最後關頭不輕言放棄。」我孤掌難鳴，只好屈從。

坐在台鐵區間車的車廂裡，三人開始積極策畫，並緊急備戰，一副殊死戰模樣。奔跑路線謀定、行李分工；接著，每人把出台鐵的悠遊卡先拈在右手，提領高鐵車票的手機QR Code

也先找出就位，左手緊捏著不說，女兒還提醒條碼畫面記得朝下，排除所有時間障礙。下台鐵後，三人頻用「對不起，趕車！」來排開周邊蟻聚人群，一路飛奔。男人跟少女腿長，揚長而去，我在後頭氣喘吁吁追趕。

進高鐵閘口時，前方男子過了，我緊跟著掃描QR Code，彷彿看到感應螢幕出現一個X字樣；我急了，不理它，幸好閘口擋門還沒關，我於是搶進。沒料到閘門就在我側身閃過那一剎那關上，我就被重力閉合的門片撞進閘口內，趴跌地上。

人群隨之聚攏過來，形勢危急，刻不容緩。我顧不得疼痛和周邊服務人員及旅客的驚叫、詢問，馬上掙扎著爬起，往前衝去前方電梯。這時，忽然看到女兒從後掩至！

「妳剛剛不是在我前面？」我急問。「可能因為時間超過，閘門刷不過，刷了好幾次，最後，服務人員才協助我從另一閘口進來。」

大鐘顯示十一點四十分，車子應該已離站。兩人訕訕然搭著手扶梯上月台去，看到那位誓言「有志者事竟成」的男子正悵望疾馳出站的高鐵最後一截車廂的背影，他也晚了一步。他看我手舉在胸前、腳跛著，大吃一驚。問明原委，趕緊幫我檢視傷口。左手肘處挫傷，左膝處烏青一塊。

我被女兒扶著坐到月台上的候車博愛座。男人很淡定，像變魔術般地從手提冷藏袋裡摸出兩塊用塑膠袋裹著的冰凍黑毛豬塊，再掏出懷裡的手帕包上，讓我即刻進行冰敷，我用右手按住左手肘的冰豬塊；女兒坐到左側，也不吝惜地貢獻出脖上的圍巾，包上另一塊黑毛豬肉，用手按住我的左膝。原來，男人青睞台中特有黑毛豬肉滋味甜美，神不知、鬼不覺購買了大批，分裝成好幾小包，先放在冰箱冷凍；出發北上前，再分裝進冷凍袋裡，一路提著。沒料到男人還沒大快朵頤，黑毛豬竟先在莽撞的太太膝、肘處派上用場，繾綣依偎，消腫又消毒，超魔幻的。

月台上，由區區幾人逐漸變得多了起來。我望向遠處湛藍的天空，看到有朵朵白雲舒捲，心情由方才的驚慌轉為從容。九車到十二車都是自由座，乘客好有秩序地站立排隊，車子來時，沒有爭先恐後的狀況出現，不管男女，排隊魚貫上車。有人看到我手抬著似乎受了傷，立刻禮讓我先行，我領受了傷殘人士的優惠，深刻感受身為文明人的驕傲，宛如回到貞觀之治的太平盛世。更幸運的是，我找到了靠窗的位置，有幸一路看著綠色的稻田，蜿蜒北上。

就說我的運氣真是不錯，上回撞上醫院的大門，有醫生當場診治；這回撞上車站的閘口擋板，多虧了黑毛豬肉及時救援。更感人的，女兒、丈夫在我莽撞落難時，不離不棄，細心呵護。而因禍得福的，還看到台灣人驕傲的文明與秩序井然。

「人生如是美好。」我不禁要仿效契訶夫的精神，如此大聲宣言。

——原載二〇二〇年一月九日《聯合報．副刊》

誰的迷糊指數高

我有一掛非常優秀的閨蜜，在職場上衝鋒陷陣，不落人後，絕對是社會精英；在日常生活上，也堪稱頂天立地，只是出類拔萃的不是什麼光彩的紀錄，而是迷糊程度。

為求公平，我先自曝己短，再來公布他人的，免得引起公憤。就先從潘小俠的攝影開始說起吧！我得先聲明：潘先生是個明白人，故事裡的糊塗咖是我，不是他。

前年，潘先生為了幫台灣文藝界留下紀錄，發心拍攝一百位作家。那日，小俠來家裡拍過照片後的兩小時，我發現客廳桌上留下一副眼鏡。往前回溯來客，猜是小俠留下的。心想：應該打電話問問；但一時沒有馬上執行。拖著、延挨著。有時想起，人在外頭不方便；有時人雖在家卻找不到他的電話號碼；有時找到電話號碼，卻找不到那副眼鏡；等到偶爾和眼鏡素面相照，卻轉身忘記。就這麼著，電話號碼終於確定遺失了。我安慰自己，這麼久了，也許他的眼鏡度數增加了，就算送回給他，也不管用了。

一日，正在樓下小公園內跑步，忽然接到小俠電話，我又想起那副眼鏡。小俠來電是為邀約參加已經編輯成書的《台灣作家一百年》發表會。我唯唯諾諾，心不在焉，內心反覆：該問清楚那副眼鏡是他留下的嗎？但我不但遺失了他的聯絡方式，其實也沒有信心能找到那副不知擱在家裡哪個角落的眼鏡。萬一是他的眼鏡，那我得有把握找到那副眼鏡才行。

稍一猶豫，對話眼看已近尾聲，我的好奇心終於勝過執行力，我問：「潘先生，你來我家照相的時候，是不是遺失了一副眼鏡呢？你走後，我在桌上發現了一副陌生的眼鏡哪。」小俠先生毫不遲疑斬釘截鐵回我：「確定不是我的，我從來沒戴過眼鏡，不管是近視或老花。」我鬆了口氣，不由讚嘆：「果然有一雙明察秋毫的眼睛，難怪以攝影為終生志業。」雖然他斬釘截鐵，但新書發表會那日，我還記掛著那副眼鏡，沒死心。出門前，翻箱倒櫃，卻也證明只是徒勞。

這是我，一個恍惚迷離，很多事都無法確認的人。俗話說：「物以類聚」，人，想來也一樣。

我的周遭也群聚著不少同質性高的朋友。首先點名周芬伶。一回，芬伶北上評審文學獎，事後邀請幾個好朋友及學生一起在我家附近的「銀翼餐廳」吃晚餐。很久沒有相聚，聚餐前幾天，我就邀請芬伶聚餐日到寒舍過夜以便多聊。

從「銀翼」出來，大家擁抱後作別。芬伶和我徒步回家，快到家門口了，芬伶說：「我給小朋友帶了禮物……」想伸手探取，赫然發現兩手提了學生送給她的禮物，自己帶來的背包卻不見了，瞿然大驚；兩人趕緊回頭走，怕餐廳關門就慘了。

芬伶擔心形象受損，一路還吩咐我：「還沒走到家，若寫臉書不能說已經走到家了。」哼哼！我心想：不過差個十幾步罷了，十幾步之差能有怎樣振衰起敝之功！

小跑步回到餐廳，她上樓，吩咐我在樓下等著就行。我久候，納悶怎不下來？上去一瞧，她臉色鐵青仍在桌跟桌間低頭梭巡，只聽服務人員嘟囔著：「就說沒有啊！」她在屋裡繞著，我幫著四下尋找。芬伶開始給剛分手的學生打電話，問有無看到她帶著背包來，學生說好像沒有。我問芬伶：「妳來這裡之前在哪裡？」「中國時報前面的星巴克。」我當機立斷：「那麼，我們搭計程車一起去找吧。」

計程車上，學生回報：「打電話去了星巴克，說沒有背包留在那兒。」車子行過愛國西路，左轉進艋舺大道。我遠遠看到警察電台，跟芬伶說：「我們運氣很好，如果去了星巴克還是沒找到，馬上可以回頭去警廣，不必走遠路，也許妳把背包遺落在車上了。」

芬伶說是時報對面的星巴克，其實大謬不然，只是在旁邊，幸好司機認定找路不能走中間車道，而且我眼睛銳利，遠遠就發現星巴克根本不在對面，在中時旁邊。

芬伶進星巴克時，我坐在車裡等候，心裡七上八下。一會兒，她在門口咧嘴揚著那個紫色背包，我們差點相擁而泣。上車後，我跟芬伶說：「妳看我們今天多麼幸運！遇到一個不肯走中間車道的司機；又剛巧是我眼尖瞥見旁邊有星巴克，背包幸運地找回。」芬伶還邀功：「進去問的時候，服務員還說沒有，是我不死心，堅持上樓去找才找到。」這意思是證明她很精明嗎？

高興之餘，芬伶開始數落：「說來說去都是平路跟郭強生害的，評審完畢，在星巴克聊天聊得起勁，差點忘了時間。發現快遲到起身時，他們也沒有提醒我要拿背包！真不夠意思。」作家的邏輯好像有一點怪怪的。經過警察電台時，我們都好興奮，連司機都說今天好幸運，這趟算長程，又不必去警廣等候報案。

下車前，司機一再交代：「請不要再留東西在車上囉！要看清楚。」我先下車，芬伶接著，信心十足說：「不會啦！」手裡拎兩包，背上背一紫包跳下車。我不放心，往車子後座作最後巡禮：一件嶄新的COACH外套被壓扁在座位扶手上，芬伶遺落的。

這是個案，情況直線且單純，另有大規模的連環套，發生在楊翠女兒魏微大婚之日。那日，丈母娘楊翠手機沒電，老丈人魏貽君鼻子過敏，迢迢前往參與花蓮盛筵的文壇阿姨叔叔們，一整個像天兵團，陷入大混亂中。祝賀團成員不少，有的分別從台南、台中出發，有的從台北上車，光是買票就已經搞得如臨大敵。花蓮假日車票難買，得在電腦上搶購已是人盡皆知。楊翠開的臉書對話框，先是漏掉了林芳玫，接著是開賣當日凌晨十二點的一陣兵荒馬亂。再來是買到票時如中獎般的歡呼。好像小時候過年放鞭炮時的歡樂。

雖然耳提面命搭乘班次，一向被認為最可靠的靜宜教授陳明柔居然買錯了班次，早了一班，明柔辯稱她是開放讓電腦幫她選班次。這是什麼話！團體行動豈能放任電腦選票！穩重且走遍世界各地的師大教授林芳玫雖然跟上進度買對了票，可惜上車時走錯月台，眼睜睜看著車子跑了，只好改搭晚一班的車子。

女主人手機沒電（知道禍首是誰了吧！）晚到的、早出發的，一律哭訴無門。終於輾轉找到坐在同班卻不同車廂的我和方梓，手機凌空交錯。早到的明柔，像幾米筆下的少女，戴著帽子先在花蓮站下車，守著行李箱在月台上鵠候著，等我們的車子停靠後，才又上車，一起搭到志學站，再由專人接駁到目的地。後來的芳玫則在志學前一站下車，由楊翠夫妻前去接待。

楊翠使用魏貽君的手機，我們得對著男生的大頭貼訴說女生的心事；每寫一則訊息都得在腦中自行轉換成楊翠的臉，感覺無比魔幻。女人們焦慮地在雲端妳一言我一語，熱鬧非凡又駁雜無比。車上的另兩位男士國家文學館館長蘇碩斌及外子兀自鎮定如山，端坐位置上，不為所動。

眾人終於無恙地相聚見面，一干女子感覺恍如隔世，都差點流下激動的眼淚。天兵祝賀團還沒祝賀新娘，先祝賀團員終於團圓。

外子對這些迷糊事的反應一逕是：「妳們這些文人真是！」他沒往下點名，但血淋淋的例子就是一樁樁出現，有時還挺驚悚的。二〇一八年四月芬伶和我一起應邀去四川成都科技大學演講。行前，芬伶臉書赫然出現：「臨出國，萬事皆備，就是忘了X胞證過期，是乾脆放棄嗎？」的字樣，我嚇了一跳，成都的聯絡人更被驚得魂飛魄散。因為我有微信，芬伶沒，我只好居中聯繫。成都聯絡人，在微信裡再三給我語音留言，聲音匆促、顫抖，搞得我打字的手都跟著抖起來。經過一早上往返攻防，我強作溫柔而堅定。雙方由慌亂不決到相互推託再到成都人不得不就範設法，終於搞定落地簽，顯見我是冷靜的談判高手。我因此被成都方認定是個穩當可靠的角色，可以讓雙方結實依靠，真是始料未及。幸好他們看不到台灣臉書中我自曝的諸多糊塗事，否則鐵定會聲音更抖，臉色更綠。

既然都牽連這麼多人了，乾脆附贈小爆料一則。一次，到師大附近評審文學獎。評審完畢，平路、簡媜與我，三人結伴同行。沒一會兒，從大樓裡追出一位小姐，拿了個保溫杯出來招領，原來簡媜將自備的保溫杯留在會場了！平路和我同時笑出來。我說：「簡媜居然也跟我們一樣。」簡媜說：「一樣什麼？丟東西嗎？不是『居然』，是『本來』就會。妳們也是嗎？」這次是簡媜自己出面承認的，非我誣陷。當然也不是我愛說別人的小話，我忍不住當場找了個冠軍來墊背：「我們倆都迷迷糊糊，但僥倖還輸給楊翠，她是公認的第一名。」屬於楊翠的迷糊事，已是舉國皆知的，我說得理直氣壯。但如果連感覺一絲不苟的簡媜都是，那迷糊應該已是通例，非個案了。

說起來文藝圈中的人真的很混亂，除了寫作井然有序外，其他脫線行為真是不勝枚舉。大家相互爆料訕笑，以迷糊指數一較高下，都謙稱別人的指數較高。大家都以「糊塗」會友，以「樂天」輔仁；也幸而這樣的精神特質的文壇群聚，無色無害，不至於被盤查或罰款。

——原載二〇二一年九月二十四日《自由時報‧副刊》

送禮的大學問

兒子小三那年，女兒小一。他們不約而同表達要在教師節跟同學一起去送老師禮物。我幫他們各挑選一床輕便、美麗的涼被，結果兩人看到後同時大哭，覺得羞恥至極，說：「沒有人送被子給老師的啦，會被同學笑死！」第二年，我拒絕代勞，由他們自理。結果兒子買了一隻假蟑螂，沾沾自喜說是：「要讓老師去嚇他的同學，老師一定會很喜歡。」女兒買了橡皮擦和貼紙，鄭重其事宣布：「是小飛俠圖案的呦！我們老師一定超級喜歡。」

他們第一次掏出撲滿裡的零用錢打算購買禮物送給他們的爸爸，猶豫再三，跑來問我意見。我跟他們開玩笑說：「很簡單，你們買一支唇膏跟一條長裙，讓爸拔送給他最心愛的女人就行了。」他們錯愕片刻，很快就驚覺到這是媽媽自肥的陷阱。最終，兒子送父親一顆籃球、女兒送給爸爸一盒跳棋。結果是：下班後或假日裡，外子不是陪他們在球場奔波搶球，就是在棋盤間苦思對弈，疲累不堪。

兒子在政大新聞系就讀時，選修一門「影像處理」課程。那年，他建議我送爸爸一台要價不菲的麥金塔電腦當生日禮物，說是讓熱中畫畫、寫生的爸爸練習用電腦處理畫作：「將作品做進一步的修正、上色，甚至設計，可以讓簡單的作品以更豐富的形式呈現！真是棒呆了！」

對電腦一竅不通的媽媽，不疑有他，被遊說成功！殺到店裡，結果店員用三寸不爛之舌慫恿：「有專用印表機才能顯示出原本的精密度；配上專用掃描器，效果會好上百倍。」估計總價高達十餘萬。

爸爸捨不得，推說：「這麼貴！不過是個小生日罷了。等我真正有需要時，再買好了！」

兒子不以為然，誠懇地說：「什麼時候才叫做『真正有需要』！工欲善其事，必先利其器！設備完善，你自然就會用它，也才會想要去學。爸爸就缺少這樣的驅策力啦！媽！買啦！買啦！爸爸生日欸！一輩子辛辛苦苦的，難道不值十幾萬！」我不疑有他，慷慨刷卡付帳。後來才驚覺：全套設備搬回家中，爸爸一向對電子用品心存疑慮，既不會操作，學習意願也低，禮物倒比較像是送給兒子的，成天被兒子霸占，這是別人送禮、他自利的最具體例證。

女兒在屬豬的外子六十歲生日時，從東區禮品店裡抱回一隻充氣豬給爸爸當禮物。一向缺乏童心的爸拔，表面唯唯稱謝，內心啼笑皆非。女兒把這隻充氣豬牽到客廳，讓牽繩掛到書櫥把手上。早晚出門、進門，總不忘問候小豬，並逗弄豬兒且親密對話一番。外子見狀，跟我說：「我們這個女兒到底什麼時候才會長大？」後來充氣豬消氣了，在櫥櫃前歪歪倒倒、氣若游絲；女兒緊張地抱著它，差點落淚，請我開車送她去忠孝東路的原店，因為堵車加上停車不易，她半途下車，奔跑在車水馬龍的車陣間，演出搶救小豬的誇張戲碼。那年女兒已經快三十歲了，還童心未泯。

送禮往往反射出致贈者內心的渴慕，就如一句俗諺說的：「好的東西要跟好的朋友分享。」無論是兒子的假蟑螂、籃球、蘋果電腦；女兒的跳棋、有小飛俠圖案的文具、充氣豬或我的涼被、唇膏、長裙都不經意間透露出送禮人內心的需求。

有人曾歸納台灣的兒女送的母親節禮物常常是吸塵器、洗衣機、洗碗機、烘碗機……等家庭清潔用品；父親節的禮物則多半是在職場上與人一較短長的外貌服儀用品，譬如刮鬍刀、領帶、襯衫、手錶、皮帶、皮夾……。說穿了，就是讓媽媽「在家工作更輕鬆」、讓爸爸「出門工作更體面」，變相鼓勵媽媽繼續為家事服務，爸爸多賺些錢回家。

這幾年，我很慶幸女兒和兒子長大了，送禮較務實，也更體貼了。爸拔罹患高血壓，送給爸爸血壓計；爸拔喜歡畫畫，送他畫畫用的數位畫板、精緻的空白寫生畫冊……；送給我這四處奔走的母親演講用的雷射簡報筆、投影機，打電腦時坐的健康座椅及各式運動器材，譬如：啞鈴、按摩滾筒、拉筋板……，鼓勵我運動健身。當我感激道謝時，兒子的回答倒是很誠實的：「並不是我特別孝順，我關心你們的健康，除了希望你們年高時還能過上好日子，另一個原因也是不希望你們老了病懨懨的，找我們太多麻煩。」（有必要這樣誠實嗎？）

基於多年之經驗，我真心認為送禮是一門大學問。要送出讓受贈者感到窩心的禮物，必定對受贈者要有長期且深刻的觀察與關心，而不光是憑藉自己一時的浪漫，這樣，才能送出有心意的禮物。我平生送出和收到的禮物，印象最深刻的都是跟女兒有關。

二十多年前，女兒首次離家，遠赴美國念書，我不知她是否寂寞，但我真的懸念萬分。在她即將二十歲的那年夏天，電腦操作技術還十分生疏的我，忽然萌生奇想。打開十幾本相簿，一本一本仔細翻閱並擇取女兒自出生到二十歲的各階段照片掃描、列印出百張代表作，還用文字藝術師，編寫了兩篇彩色漸層的書信。第一張寫著：

我們以能全程參與妳的成長感到驕傲和安慰。往後的日子還很長，我們未必還能如影隨形，卻奢侈地期待：長大後的女兒，仍舊和以往一般體貼甜蜜，並且比以前更堅強。

愛妳的爸爸媽媽上

最後一張題為〈女兒在遠方〉的短箋上也寫了纏綿的字句：

稿子忘了寫，飯忘了做，日日坐在電腦前，挑選照片掃描列印；不時對著照片中童稚的身影、慧黠鬼怪的表情，吃吃發笑。然後，眼睛花了、眼眶紅了、腰彎了、背駝了，人彷彿在不知不覺間也老了；而不知情的女兒仍在遠方。

她暑假返國前一天，外子和兒子在家中長廊、客廳、書房間拉出長長環繞的鐵絲，並將那上百張A4照片依照時間順序一一夾到鐵線上，從大門口開始、一路蜿蜒整個房間的牆壁。

女兒回到家，打開門，瞬間涕淚橫流，感動地趴在我的肩上痛哭。那是個Office才開始發展的年代，我掃描照片，用剛學來的Photoshop處理畫面、再調色列印，每一道程序都充滿挑戰。一次又一次，我一一克服，一百張照片悉數完成那日黃昏，我眼裡、心裡都是淚。

沒料到二十年後，我的七十歲生日，女兒反過來悄悄聯繫我的閨蜜、學生、文化界朋友、家族親戚，或時相往來者、或久未聯繫的，請教他們願不願意為她的母親——我，錄製一個小短片以表達祝福。我當年獨自埋頭列印的一百張照片，換來了七十餘則、百餘人的短片祝福。由小規模的獨自摸索、列印照片，進階為一百多人用心錄製的動態影片；從三人合作變成百餘人參與，堪稱盛況空前。女兒說：「一開始打算徵集七十則影片，並沒有想到二十年前母親的辛勞，純粹只是一股澎湃的熱情使然。完成後，才想起和二十年前母親為我慶生的作意與作法不謀而合，證明我們母女靈犀相通。」

那天，唱完生日快樂歌、吃完蛋糕。我瞧見兩位小孫女鬼鬼祟祟悄聲問她姑姑：「可以了嗎？時間到了嗎？」我納悶例行的慶祝程序不是已經走完？等到被延入客廳沙發端坐電視機前，連接電腦的螢幕一打開，看著、聽著，竟一路哭到底。不是忽然意識到年紀已大，而是感到人生有情，我真是得天獨厚。有好朋友關照，有家人親戚支持，有學生相挺……，每一句回顧或祝福，都引人熱淚。那樣的禮物，那個醉人的夜，教人畢生難忘。

事後，我細細揣想起那夜之前的一大段時間，女兒關在房門內，如何殫精竭慮釐清我的人際網絡，如何壯起膽向那些可能會友善回覆的親朋好友及各地學生發出一封又一封的邀請信；又是如何日夜期盼著雲端捎回允諾的好消息。接下來，她還得將寄來的影片一則一則分類剪接串成順暢美好的祝福詩篇。如果不是因為愛，那樣大費周章，還會是什麼！

這不由讓我想起青春年少時期的我，在經濟相當拮据的年代，曾省吃儉用，在父親節買了一件當年還算等級不差的美好挺襯衫送給父親，還特別挑選父親最喜歡的咖啡色。一向直言不諱的父親高興地拆開包裝之後，往桌上一扔，說：「擲揖揀（丟掉）好矣，短裇（短袖）的！」本以為會博得讚美的，沒料到落得這種下場，我錯愕傷心，不知所措。母親邊詬責父親不通人情，邊跟我解釋：「恁老爸自從頂擺（上回）車禍，一支釘佇手骨拗彎所在的鋼釘，露出來外口，已經幾若年毋捌穿過短裇的（已經好幾年不曾穿過短袖的）。」我打開父親的衣櫥，裡頭一字排開的衣服，竟真的沒看到有短袖襯衫！我真慚愧欲死。

父親的外表和穿著變化，是如此顯而易見，一眼就可看穿的，我竟麻木地一無所悉；都車禍好幾年了，我還送他不能遮掩傷口的短袖襯衫，真是不及格的女兒。相較之下，女兒對我駁雜人際脈絡的爬梳、洞悉，真教我嘖嘖稱奇。可見她平日是多麼關心她母親的社交圈？有些學生如果不是她提起，我都快要遺忘了，這是不是更彰顯了我當年的粗疏和不孝！

跟女兒的禮物一樣讓我難忘的是七十歲生日那天，近六歲的小孫女諾諾送了一副手繪並加剪裁的立體金邊老花眼鏡，那副厚紙板著色後製成的眼鏡跟我正使用中的眼鏡長相一模一樣，戴在鼻梁上簡直可以以假亂真。她觀察入微，聽見阿嬤成天大呼小叫：「我的眼鏡呢？」呼聲未歇，已舉家動員起來。從三歲起，她和姊姊海蒂每年的生日願望中，總有一個是這樣的：「希望阿嬤找得到她想找到的東西。」所謂的「東西」裡，眼鏡是其中之「最」。她以繪畫結合勞作呼應阿嬤現實的需求，看起來比起她父親年幼時贈送的禮物，更富人情味，也更有創意。這算不算是時代的進步呢？

——原載二〇二〇年八月二日《聯合報・副刊》

我也是

幫忙清潔打掃的阿姨不小心打破一只手沖咖啡的玻璃壺。我從書房走到廚房，想取冰箱內的食物出來退冰，以利烹煮晚餐。看到她正拿著那只壺，偏頭察看災情，一副苦惱的樣子。

「啊！想將它洗得更徹底一些，居然就破了。」看到我出現，她不好意思地說。

我看出來那壺真的被洗得亮晶晶的。隨口跟她說：「這壺用得夠久了，也該是破的時候了。東西用久了，壞掉很正常，功成身退嘛。」

「不！應該是我手滑，不小心碰到水龍頭。」她解釋，又問：「你們這種咖啡壺必須使用固定的尺寸嗎？我家裡不喝咖啡，沒使用過，我會買一個來賠。」

「不必賠啦！這是消耗品，用久了壞掉很正常。不是妳弄破，就是我搞砸，只是它宣告壽終正寢的時間點正好落在妳頭上而已，妳的運氣差一些。」我本來還想再加補充：「就像每個人都會死，只是到底是死在醫生的手術台上？酒駕肇禍的醉漢車下？還是工作過度疲累的電腦桌前等各種不同因素而已。」但想想，覺得過度解讀，作罷。

她不死心，誠惶誠恐說：「我還是該買一個來賠吧。」

「做家事的人，多少都會打破或燒壞一些東西。以前，我沒請人打掃時，最高紀錄一個月打破五個虹吸式咖啡壺的上層玻璃容器；有時燒壞了好幾個鍋；也常失手毀掉無數的盤子……妳真的別介意！何況，現在家裡還有另一個壺可以煮，壺多了也占地方，不必馬上買，我上街時順便去就行了。」我只差沒跟她說：「妳要是堅持去買我就生氣了呦！」終於，她聽話不再堅持了。

回到書房，我開始想：為什麼每次有人闖了禍、懊惱了或傷了心，我都要翻出舊帳跟他／她比糊塗、比笨拙、比粗心或比失落、比悲傷、比委屈……必欲勝之而後「罷」。

孫女海蒂三歲時，在速食店吃下午茶，打翻了玉米濃湯，瞬間被嚇得臉都綠了。她為自我開脫，開始找藉口：「阿嬤把湯放得太靠近，害我打翻了。」我說：「阿嬤把東西放得靠近可能是原因之一，但妳不小心也是個問題……沒關係！阿嬤小小的時候，肚子餓了，也曾爬上椅子端大人放桌上的熱米漿喝，結果米漿打翻了，還灌進圍兜裡，燙傷了，現在還留有疤痕哪，妳看！是不是很可怕？」為了徵信，我還翻出脖子和前胸間的燙傷疤痕以資證明。

另一回，孫女幫忙我從小抽屜裡取東西，抽屜沒裝卡榫，海蒂一不小心，抽過頭，把抽斗整個拉出，「碰！」的一聲落地，慌得什麼似的，眼眶紅了。我安慰她：「每件新鮮事，因為沒做過，很容易失敗，多試幾次，掌握住要點就沒問題了。阿嬤像妳一樣小的時候，也曾因為想幫我媽媽的忙，卻不小心沒站穩，滑倒，把整鍋紅燒肉全打翻了。」我沒告訴她，在那個物質匱乏的年代，一鍋肉打翻在地上，等於打碎全家大小對歡快吃肉的巨大企盼，我也因此被母親罰跪了好久。

海蒂上小一時跟我聊天，惆悵自己長得不夠高，在班上算是矮個子。我安慰她：「每個人長高的時間都不同，阿嬤小學時都坐第一排，因為個子最矮，現在也還好。」唯恐這樣不夠，還拖她爸爸下水：「妳爸從小學到高中都是全班第一矮，現在有一八三公分，不用怕！妳多吃點飯菜，多喝牛奶就行。」海蒂說：「是這樣喔？」

另一個孫女諾諾，前幾個月和姊姊海蒂玩丟擲遊戲，一個不小心，把我剛洗好晾乾的白色布娃娃用力一丟，桌上的一杯果汁應聲倒下，布娃娃和地板全遭殃。孫女發現禍闖大了，急得語無倫次，我安慰她：「沒關係！妳去拿塊抹布擦乾地板，娃娃我馬上拿去洗，很快就會恢復原狀。」光這樣說顯然還不夠安她的心，我又忍不住加碼：「阿嬤小時候也常打翻東西，因為正在學習嘛。妳說說看是怎麼打翻的？」「因為我小小的，距離沒有拿好，以為可以從杯子上面飛過，哪裡知道我的力氣太小，半路就掉下來。」她言之成理，我只是讚佩她還不滿六歲居然會說出「距離沒有拿好」的精準句子。然後，我們再翻出另一個玩具，讓她重新試丟一次，這次玩具成功飛越另一杯果汁，全家歡呼。

我在世新教書的時候，有一位學生黃昏時分在我的研究室外頭徘徊，我本來要回家的，打開門看到她，請她進來談談。她忸怩半天才跟我說：「我今年大三了，從大一到大三，在校園裡從來沒有一個男子正眼瞧過我，將來我是不是可能嫁不出去了？」我忍住發笑的衝動，回答她：「婚姻靠緣分，往往決定於剎那間。老師上大學時，四年間，也沒有人正眼看我一眼，我也很羨慕別的同學好像很容易吸引男生的目光，戀愛史不斷；當然更常憂心自己將來恐怕乏人問津，找不到對象結婚。但出了社會，有人幫我介紹相親，如今也算擁有不錯的婚姻。我們找對象，重點要質精，不在量多，只要有一個就行，時間點到了就對了；保不定妳從我這裡出門，在轉角處就遇到妳的白馬王子！」學生一聽，暫時輕鬆了起來。經過多年了，我還時時掛心著：不知道她找到白馬王子沒有？

另外，有位學生淚眼汪汪來跟我傾訴戀愛失敗的傷心事，說跟男友分手，簡直活不下去。我安慰她戀愛一次就成功的人很少，經過幾次挫敗後，慢慢理解愛的真諦，婚姻的成功

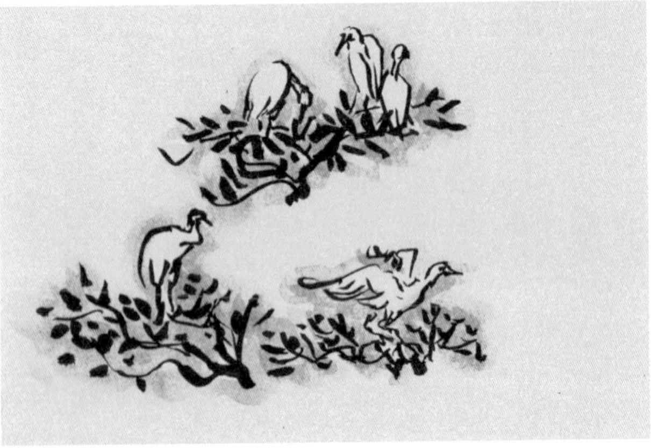

率自然就比較高。接著，少不得也複習了一回我自己的慘痛經驗：「我大學畢業，談了幾場戀愛，到頭來都潰不成軍、傷痕累累；有一次甚至還曾萌生自殺念頭，幸好都挺過來了。如今，婚姻還算美滿，很慶幸當年沒有去尋短，否則就不會有後來這些快樂的事，妳千萬要記住不要想不開……」說著、說著，我自己的眼眶都泛紅了，還要學生反過來安慰：「老師，我會堅強起來的，您別難過。」這段話，其實是補足了上面那位大三學生的提問。沒有人追求是煩惱；有人追求卻無法圓滿，常常更是恨事。我回答前一位學生時，簡化甚至跳過了追求和結婚間的諸多煎熬，其實人生遠比我們記憶的更糾結、更複雜。

教書三十六年，學生真的很多，研究生最常為撰寫論文掙扎，要不要放棄常常盤據腦海。通常我會告訴他們，人生的選擇多端，求取學位不會是唯一，如果確有困難，放棄也不會是末路。然後，我會舉外子當年出國留學，軍中規定，妻子和孩子必須留在台灣當人質，他為思念，毅然放棄國外博士學位的追求卻至今不曾後悔為例，證明人生的路途多端，端視個人重視者為何？但我也會感同身受對他們說：「寫論文有時候只是靠一口氣撐住，老師寫博士論文時，也常徘徊、掙扎；後來是靠一口氣挺住的。」當然！這兩個例子說得空泛又矛盾，說了等於沒說。這種事端賴個人的抉擇，當老師的只是陪伴，說些模稜兩可的建議，就像放一點背景音樂來緩和緊張而已。

養了孩子後，有另外的問題出來。朋友訴苦小孩子不聽話，她常常為了兒子的脫序行為，被學校訓導處叫去談話溝通。我問她多半是哪樣的脫序行為？她說：「校園裡只要有人打架，他也不認識其中的任何人，卻莫名其妙就撲上前去，熱血地去跟著混戰。有人喊：『教官來囉！』大家作鳥獸散，他還氣虎虎沉浸憤怒中，沒想到該跑，就被逮住了。」我為了安慰她，也誇大自家兒子的無良，恨不能把他打入十八層地獄。說他上夜店、屢勸不聽，我怕他萬一惹到了黑道，被打到爆頭，我卻還在家裡高臥，所以，黑著眼圈等他回家。他夜半回來，還不知自省，說他已經成年了，叫我別老盯著他看，該看的是心理醫生，真是讓我氣壞了。最後，我甚至還牽拖全世界的兒子說：「時代不同了，哪一家的孩子不是這個德行！請放寬心。」結果是：朋友反過來安慰我說：「真的，孩子長大了，萬事不由娘啊。」我犧牲兒子的隱私，博得了意外的同情。

另一位朋友說她的兒子，不聽勸，堅持在暑假過後去理個大光頭。開學那天，她忐忑不安，傍晚卻見兒子得意洋洋回來，談到他的光頭如何驚動校園，導師如何一反常態地蹲下身子跟他溫柔說話；輔導老師如何用心理學的專業用語想套出他理光頭的原因；最後他被送到校長室。講到這裡，他兒子激動起來跟她說：「我覺得我們校長小時候真的很不要臉，他跟我說：『有什麼事跟校長說沒關係，校長小時候也很調皮，曾用鏡子偷偷照女老師的內褲。』」啊啊！我趕緊回顧自己長期以來的自我詆毀史是否也達到「不要臉」的層級。

這樣的溝通方法，其實並非萬靈丹，對付性格強烈的族群，完全失靈。他們有頑強的意志，不輕易被附和。有位朋友來訴苦，說是在學校升等上受挫，系主任故意為難他。我安慰他說：「其實我在軍校教書時，也發生同樣的狀況，系裡一出缺，主任就改變遊戲規則，為某人量身定做，我因此變成台灣最資深的講師，耗了十三年才升等。」朋友說：「我跟妳不一樣，我寫了很多論文。」我說：「我也一樣，寫了很多論文，還得了很多次國科會獎助也沒用。」他回說：「我們還是不一樣，我的教學評鑑很好的。」我說：「講到教學評鑑，我也得了極優的成績。」他還是不同意：「妳不一樣，我的服務成績積分很高的。」講到這，我當然更有勝算：「我的服務成績寫出來嚇死人地多，全校師生職員都來找我寫各式文章，我還到處演講……」當時，我應該是被他勾引出舊恨而整個瘋掉；但他不服輸，一直堅持他是冤枉的est，我怎麼說都冤枉不過他，最後只好投降：「看來你最委屈，我好像還好。」我們在比悲慘。最後，他贏了，得意地走了。

成功溝通不容易，失敗的可能常有。也許是遺傳，女兒從小學到中學都遇到人際的困境，常常在學業或運動、家事課分組中受挫，分組成為她的惡夢；只要分組遊戲或做功課，她總是找不到合作伙伴，常常傷心地哭著回家。我認為她遺傳了我的敏感、識相，不敢輕易和人主動打交道，成績又不夠理想。基於功利想法，同學怕總體合作的成績被她拉下，受挫也是必然。

她回家哭訴時，我老告訴她：「沒關係，媽媽小時候也是這樣，現在不是也還活得好好的。」這種話說多了，好像成效有限。有一天，她實在傷心極了，我只好吹牛說：「雖然我小時候人緣很不好，常常落單；但現在可不一樣了，現在我的人緣可好極了。我只要站在那裡，很多人就會靠過來跟我聊天，聽我說笑話；去旅行時，希望跟我睡同一間。長大後，問題就沒有了。」這話原本是想拿來鼓勵女兒的，沒料到她聽了之後竟哭得更慘，幾近絕望地說：「原來長大還是要分組啊！我以為長大就不必再分組了。」我啼笑皆非，想起來也真難為了她，當時她才十餘歲，距離我的年齡有三十年左右，我這話等於勸她忍耐三十年的孤獨寂寞，期待的卻只是一個未必能解決問題的未來。

後來，這件恨事又遺傳給小孫女海蒂。她三歲時曾從幼兒園輟學，說是受到同學的孤立。阿嬤知道以後，跟她說：「阿嬤小時候從鄉下轉學到城裡，也嘗到被城裡同學孤立的滋味，很知道那種感覺有多難受！停止去上學是對的，妳太小了，不該那麼早上學的。」阿嬤問她：「當時同學不跟妳玩，妳都在做什麼？」海蒂說：「我都一個人看著學校紗門外的那條路，想著直直往前走過去，就是我的家，可是我卻回不去。」我聽了肝腸寸斷。海蒂後來回問我：「那妳呢？妳很可憐的時候在做什麼？」我說：「我就看書，學校有很多書，書不會拒絕跟我做朋友。」海蒂很高興地說：「那好！以後如果再碰到同學不理我，我就畫畫。」這樣的同理心夾帶著可行的後續解決方案，我以為是個比較成功的案例。

溝通方式通常形塑出一個人的人格特質。我忽然想起，兒子小時候曾偷了我幾塊錢，我把他帶到樓上曉以大義。兒子大呼小叫救命，阿公在樓下往上喊：「玉蕙啊！莫拍伊啦！囡仔攏會按呢啦，我細漢的時，也時常偷提阮阿爹的錢，以後大漢，伊就袂仔啦，莫拍囡仔啦！」難道我的溝通模式是有所傳承的？遺傳真是不可小覷。

由一個被打破的玻璃瓶的回想，讓我穿越幾十年的時空，回到孤獨的童年、苦悶的少年、悲傷的愛情與擇偶、艱難的學位求取、坑坑疤疤的職場悲憤，然後繞回到堪稱順遂的如今。我領悟人生原來是由這些困阨和悲歡離合所組成，沒有一個人能逃過，只是程度的深淺不同而已。我們從這些經驗中得到教訓、學得解困之道；然後，拿它來開解下一代，期待有人因為得到這樣的對待，感覺有相同的境遇而不孤單，因為心事得到別人的理解而被撫慰；如果這樣的同理心之外，還能提供不重蹈覆轍的小小解方，那就算功德無量了。

——原載二〇二〇年八月十七—十八日《自由時報·副刊》

最難斷捨離

假日晨起，懶洋洋踞坐沙發上發呆。家裡的男人開始吆喝：「趁著假日，整整屋子吧！」不好意思直接點名太座，他轉頭朝女兒說：「妳的房間要不要整一整？淘汰掉一些沒用的東西。妳媽現在是忙了點，自顧不暇，若是以前，妳就慘了！」我當然聽出他是指桑罵槐地諷刺太太近年來的廢弛家務；但好不容易繁複的演講才告一段落，我可一點也不想動。一、點、都、不、想、動。就算知道閃電加雷公馬上要劈下來，也不想挪動一步。我取過几上昨晚看了一半的小說，遮住半邊臉，繼續看。無論催促如何猛烈，只想暫時逃過一劫。

家裡一老一少，從臥房、書房清出一落一落的書和雜誌，他們合力捆紮著。我懶得動，只出一張嘴：「欸！別把我的書隨便丟掉呦！要用的時候找不到，會生氣呦。」男人回：「所以啊！如果怕重要的書被丟了，就過來檢查看看啊！」還是不想動，寧可事後生氣。

喝過提神的咖啡，又耍廢一個早上後，我開始振作起來。午後，輪到我吆喝大夥兒下樓散步、運動。繞著小公園走兩圈後，決定擴大範圍，繞更大的圈圈。一轉彎，入眼即是金山大樓前的小池塘。孫女沒有同行，懂禮數的我決定代替兩位小孫女向池中的小魚兒和大烏龜請個安。

一探頭，嚇了一跳。池塘表面，被密密麻麻的茄冬樹落葉和落花占據，完全看不到池裡的魚。烏龜想是無法爽快呼吸，六隻全爬上邊邊的乾燥石板上喘息。

這一驚非同小可，深怕魚兒要憋死了。我四下張望，看到大樓建築物旁的一個角落，有兩支帶網的竹竿，明顯是用來清理池中落葉和落花的；不由分說便趨前想提取，盡快拯救「魚兒」於落葉水面之中。隨行的那位家裡的監察官見狀，厲聲喝止：「別人的東西不要亂動啦！」我說：「這是『救命』，不是『亂動』。」

外子一向謹言慎行，力阻兩位熱心的女人衝動行事。我受不了毫無生態保育觀念、只知胡亂守法的人，乾脆衝進大樓內徵詢管理員同意。管理員出門看了一下，很淡定地說：「這三天連假，大夥兒都休假，負責灑掃的工人明天應該就會來處理。」我恫嚇他：「這麼密集的落葉和落花會憋死魚和龜，等到明天萬一魚都死了呢！你要負責任嗎？」管理員應該是被我嚇到了，乾脆跨過小欄杆，幫我們取過帶網竹竿，兩個女人便開始展開緊急救援行動。

約莫奮力打撈了二十餘分鐘後，滿頭汗的兩人終於將池塘的落葉清理乾淨，細細的落花間總算露出了間隙，魚兒浮出水面，烏龜也陸續潛回水中，三人恢復散步行程。外子點出手機裡幫妻、女拍攝的搭救相片，兩個女人看了都對自己的豐功偉業深表驕傲。外子嗤之以鼻說：「一整個早上，我在家裡清理房間，清除多少東西！有人一點也沒要幫忙的意思，蹺著二郎腿看書；現在倒是熱心極了，在外頭搏命演出。」諷刺的意味濃厚，聽了好刺耳。

蹺腿看書跟熱心公益形成強烈對比，雖然讓我有些不好意思，但仍辯稱：「『因公忘私』不是傳統美德嗎？」外子聽了，哼哼冷笑說：「妳沒看到樓前黑頭車停了好幾部，人家長官進出都沒意見，倒是妳看不過去？」我也不甘示弱，學他哼哼冷笑：「長官一定也是跟你一樣，男人總是粗枝大葉，根本對周遭環境視而不見，魚跟烏龜死了，你們也不在乎。女人天生比較細心、仁慈，難忍斷捨離。」

話雖如此，自省後，不免有幾分愧赧。晚餐過後，決定用實際行動補過。我大聲宣示：「攘外之後，也需安內。我愛家不落人後，今晚就好好把舊衣淘汰、淘汰。」關於舊衣淘汰一事，堪稱外子繼清理舊書之後最念茲在茲的事。他屢次拜託：「請嚴守『舊的不去、新的不來』原則；而且，衣服只要閒置過兩年，該送就送，該扔就扔。再不處理，眼看都要氾濫成災了。」這樣的話已經接連聽了至少十幾年，我總是以「過幾天會找時間處理，你別催我」敷衍。如今，我這個他眼中的推託王居然「知恥近乎勇」，簡直讓他驚喜莫名。

他把握機會，從置物間的高處取下一口大皮箱，跟在我身後叮嚀：「要大刀闊斧的，不要太捨不得。幾十年前的衣服都穿不下了，還奢望『減肥後可以再穿』，這種不切實際的想法趁早打消，請悉數丟進箱裡。」他一旁監督之不足，還不停在一旁添柴火：「這件丟了啦！」「這件已經好幾年沒看妳穿過，丟。」「那件已經過時了，不適合妳這年齡的人穿，丟。」

他每喊一聲「丟！」我就像著魔一般將手中的衣服丟進箱內，一箱之不足，又取下另一箱、再另一箱；舊行李箱用盡，接著拿下行李袋，一袋不足再加一袋，足足丟了三箱三大袋。他可豪氣了，說是箱子、袋子也都不合時宜，一併丟。

幾年的糾結一夕解開，這位先生的心情看起來大好。三箱加三袋衣物，一件件摺疊整齊，收攏入箱／袋內；另有十餘件積灰或稍稍泛黃的，丟進洗衣機裡，加上漂白粉，打算浸泡一夜，次日洗淨後，摺疊平整再另外打包。

前些日子，外子嫌家裡各式袋子太多，問打掃的阿姨需不需要？阿姨說青年公園有人在蒐購，一個袋子可換得數十元，我便請她帶走十來個。所以，我主張將整出的這些衣服就交給清潔阿姨拿去賣，對她而言，應不無小補；外子說何必捨近求遠，就送給隔壁巷子的二手店不就行了？顯然我們對「遠近」的解讀不同，我以情感聯繫疏密論遠近，他以地理距離來區分。外子強調阿姨騎摩托車，一次載不了那麼多，不要增加她的困難度；我認為她可以分次進行搬運，完全不是問題。夫妻反覆辯詰，最後我為一句話投降：「萬一她在運送過程，因為負重轉彎不順跌倒，出車禍，豈不是罪過！」這是前幾天發生在我們倆身上的悲劇，血淋淋的前車之鑑，我一時啞口無言，最後折衷成兩人均分。

次日，我剛睡醒到客廳，就看到男人已經拎了一大箱及兩大包的舊衣打算出門。我聽到雨聲淅瀝，斗大的雨滴打在遮陽板上，卻怎麼也攔不住他外送的決心。「不能等雨停了再出門嗎？」我問。「就在後巷，沒問題。」他堅持，頭也不回地出門。我坐在客廳沙發上想了又想，似乎有些明白男人為何堅持不能等到雨停，他已經等了我十幾年了，一刻都不願再多耽擱；打掃阿姨也是再過幾天才來，他迫不及待。

後來，我從洗衣機裡掏出洗淨的衣物，一件件晾曬時，對展示在屋簷下的每件衣服都油然而生莫名憐愛之心。下午，陽光璀璨。黃昏，我收下被漂白、曝曬得燦亮、乾爽的衣、裙，撫觸之間，戀戀情深。我開始一件、一件試穿並回收到更衣室吊竿上。我徹底了然外子清理之心如此之迫切，實源於深恐某人反悔，趕緊丟了，以絕後患。

本想打開另外佇立客廳一隅等著阿姨取走的那一箱、兩袋，再重新斟酌、斟酌，赫然發現：不知何時已全被外子上了鎖。

——原載二〇二一年三月十五日《鹽分地帶文學》

早安，窗邊上的玫瑰

話說前一陣子整理台北的家，外子對著一大堆的VHS影帶及DVD發愣。

我說：「別打這些電影、戲劇帶子的主意，這些都是我的教學史料，我開授了約莫三十年的『影劇與人生』、『影劇與文學』、『戲劇概論』……等課程，這些影帶陪伴我那麼久，都是經典之作咧！」

外子說：「這些都過時了！新的播映方法那麼多，網路隨抓隨有，這些早就淪為廢物，家裡雖然還有播放機，但也不知還能用否，何況那些帶子說不定都潮了，無法播出了。」

我不管！問他：「太太老了，色相差了，殘廢了，或老病了，難不成你就把她當垃圾給丟了嗎？就算不帶著她出去串門子，至少也得給她一個棲身之地嘛！」

他嘟嘟囔囔說：「老後的生活就是越簡單越好，該丟就丟，不要被久遠的過去糾纏住，要為往後著想才是。妳每個月買的、人家送的新書那麼多，都氾濫成災了，還留這、留那的，再大的屋子也容不下。想過極簡的生活就是要捨得丟啦。」

我堅持：「好好的東西幹嘛丟，何況無論是VHS或DVD的播放機都還好端端的，等我有空，還想一部一部放出來回味哪！」

外子說：「妳工作滿滿的，搞到半夜失眠，什麼時候會有空！又怎知播放機還好端端的？……要不要先來播放看看？」說著，就要去翻出播放機。我急忙喊卡！基於莫名的恐懼，我像鴕鳥一樣，把頭伸進沙堆裡，不敢面對現實，怕一翻兩瞪眼，機器不管用，影片就只有認賠丟掉一途。

經過認真討價還價後，我們各讓一步，達成協議。把散放各處的影帶集中打包，宅配送回比較寬闊的台中老家，先遠距儲藏，慢慢再揭曉結局，我說：「事緩則圓。」

重點來了，老家平時並無人駐守，宅配過去得有人承接，而我那幾日都在外面奔波，無法在家鵠候。於是，外子在台北家裡先候著，等宅配來收貨過後，再急奔高鐵站，專程搭車回去接下這七大箱他認為終將淪為垃圾的卡帶。他兩地奔走，大費周章，覺得太太的人生荒謬又糾結，但看我護「帶」心切，也只好尊重。

老家的整修拓建，原本是為退休後告老還鄉預做準備的；但退休後，工作量非但沒有變少，反倒更為忙碌，以前託言沒時間接受邀約的活兒，都一一找上門來了；接著兩個孫女陸續出生，像服常備役一樣，隨時得應召支援托嬰工作，無法長時間回去安享田園之樂，老家只淪為家人假日休閒場所或我回中部演講、評審的暫時落腳處。

如今，有大批優質經典電影及音樂帶進駐，我們開始檢討老家每個月的第四台電視節目及網路所費不貲，卻鮮少開機，還有繼續存在的必要嗎？於是，毅然退掉網路線和第四台裝備，決定專心致力對付這幾百捲骨董影片和音樂帶。

問題逐漸浮現，首先，開始為七大箱影帶跟卡帶該擺老家的哪裡傷透腦筋。騰騰挪挪的，總算騰出一面空白牆壁邊兒，外子說：「接下來應該就簡單了，也不是什麼好東西，我們就去B&Q或Hola買一些木質框架，往牆邊一靠，疊將起來，便宜又方便。應該花不了幾個錢！」然而事與願違，在奔赴大賣場途中，我忽然想起曾在台中美術館附近買過一座人人稱讚的酒碟架櫃子。「既然都出來一趟了，何不順便去看看，說不定可以找到實用又美觀的櫃子，可以搭配。」千錯萬錯，錯在不該臨時起意亂逛，結果被老闆娘三寸不爛之舌嗾使，還沒逛到原先的目的地，居然就先買了一個近八萬元的雕花櫥櫃回家。

櫃子送來後，全家合力將影音帶上架，然後迫不及待隨手挑了捲影片放進播放器內。第一捲放進去的是《真善美》，沒兩下子就卡關，外子被迫拆開播放機的蓋子，取出糾纏成一團的帶子，顯然是潮掉了。外子看了我一眼，那意思我懂，就是：「妳看！我說得沒錯吧，早說了唄，我看妳就死心了吧！」我才不會輕易善罷干休。女兒先前曾發現眾多影帶中有個用黑色粗筆寫著「清潔帶」的，建議不妨先用它清潔一遍。

清潔帶繞過一回後，繼續放進去一捲楚浮的《日以作夜》，畫面居然出現了，我欣喜若狂，當然沒忘記回外子一個白眼，意思他當然也不難解讀：「你看，你就是容易放棄。」

接著，又發現每一捲帶子都是播映完畢的狀態，播放前，需先回帶到最前方；回帶時，好像得面對機子，一直用力按住「回轉」鍵，手一放，帶子的回轉動作就跟著靜止。我回想起以前拿影帶去還給出租店時，店家彷彿都用一款回帶機將帶子回轉到最初。難道我得效法出租店的做法，去買一台回帶機？

老人家沒跟上時代，還用最原始的徒步去搜尋實體機。夫妻倆跑了兩趟台北八德路的電腦街及光華商場，腿都快走斷了，問到口乾舌燥，還是遍尋不著。女兒聽說後，立刻展開救援，在Google搜尋舊物販售資訊，發現有人ＰＯ了兩款機子。一款紅

色跑車形貌，太花俏，我挑上另一款素樸的銀色方形機。有效率地聯絡了賣家，相約進行交易。問題是，得有錄影帶才能先試試機器管用否，而我們已將家裡所有的帶子蒐羅一空，一捲也不留地託運回中部了。問了許多朋友，大夥兒都嗤笑「現下誰還會留著那玩藝兒」！證實了錄影帶時代確實已然絕跡。

女兒百般營求，才在公司的儲藏間一角找到一捲即將報廢的帶子，真是天無絕人之路。其後，她和賣家接觸，拿回的卻是那款紅色轎車，還很驕傲地說：「對方把兩款都帶來，幸好我帶了影帶去試，才知原先看中的方形機是Beta帶使用的，不適用VHS。」賣方是年約七旬的婦人，說是八月分才從旅居地回國處理房產。我以為會相約捷運站買賣的，多半是年輕人，不免對婦人產生諸多好奇。我猜測可能是親人病故，才會在疫情仍熾之時，急著回國處理後事，我不免同情地問女兒：「婦人神情是否悲戚？」女兒回：「媽！這不是重點。」

我們為此拿著回帶機專程南下測試，這回女兒隨行，我們放心多了。雖然女兒一向前衛，也對故障的機器頗有研究，但那輛紅色跑車跟我家的影帶似乎互看不順眼，也或許根本壞了，帶子放不進去，空歡喜一場。正惆悵間，女兒東摸摸、西瞧瞧地，居然宣告放映機器的回帶功能正常，是兩位老人操作不當；按鍵需要被溫柔對待，我們對它太粗暴，它只是以直報直，不肯屈服。常聽社會瀰漫仇老現象，居然連古老的播放器也跟風。

接下來，我就一頭栽入舊時光。驚訝地在眾多影帶中發現，我居然還曾在台視主持過幾集《人與書的對談》，也曾上過胡瓜的搞笑綜藝節目和趙寧的《大手牽小手》。螢幕上，出現的女子，墊肩大得可笑，濃妝豔抹得令人啼笑皆非。幸好其中另有兩捲約莫二十五年前獲邀去華視莒光日節目錄製的國慶特別節目，留下了幾捲二十分鐘短講。看來容貌端莊，語音柔和，跟今日大異其趣。女兒看完後，非常吃驚，說：「原來聲音也會變老，媽！妳當時的聲音，好好聽。」我因此特別找到台北承德路上的一家拷貝店，將那捲有著輕柔聲音的VHS錄影帶轉成DV檔，留下曾經那麼年輕的證據。

其餘的帶子，我每回去中部一趟，就播放幾捲。銀幕上的世界，黑白參雜彩色。楚浮《日以作夜》、阿莫多瓦《窗邊上的玫瑰》、小津安二郎《東京物語》、卡柏瑞爾．亞斯里的《芭比的盛宴》、克勞德．高雷塔《編織的女孩》、薛尼．盧密《十二怒漢》、市川崑《細雪》、西河克己《伊豆的踊子》、休．哈德森《火戰車》、瓊．艾弗納《油炸綠番茄》……我一部一部地拿出來重看，有些可能已受潮，畫質雖不是那麼理想，但每看一部，前塵往事便多浮現一些。

我在大學任教三十六年，教授的課程由古典到現代，由小說、散文直達戲曲及電影。其中，在通識中心開授的影劇相關課程，選課學生最多，討論也最熱烈，而眼前這約莫兩百多部的電影就見證了我這部分的教學痕跡。當年，我領著學生看經典電影，看《東京物語》裡都會生活中人情厚薄的代變、血濃於水的逆向思考、流轉世界中的接受哲學；在《郵差》中，看郵差馬力歐如何接受聶魯達的啟蒙及其人生的轉變，探究創作力的源起，還質疑聶魯達所說「作品經過詮釋就陳腐無味」是真的嗎？《編織的女孩》與《伊豆的踊子》同樣呈現學歷和家世的懸殊是愛情無法修成正果的致命傷，所謂的「門當戶對」是否能有新解？看《早安》，談導演的幽默與語言的延展性，並探討語言作為一種溝通工具，有無其局限性？如果有，可用什麼方式來加強？甚至談到一般俗常無聊的應酬語是否真的只是一種無謂的浪費？還是也有它積極的人際潤滑意義？看完《四百擊》裡荒謬的失控教育現場，思考將來若是為人父母或師長可以從中發現教養上可資自我惕勵的沉痾嗎？《火戰車》裡的競爭哲學，揭示不同的出身不免夾帶著環境和教養的歧異性，師生曾相互分享最欣賞其中哪一位的人生觀？一起思考未來人生途程中可能的多元抉擇。《十二怒漢》對預設立場可能帶來的偏見有所指陳，電影裡提出了什麼觀念來加以改進？又批判了哪些日常生活中習以為常的惡習？欣賞《嫁妝一牛車》，研討文學改編成電影對普及閱讀的實質推廣功能；電影對王禎和小說的增刪各有何優缺點？艱困的年代裡，人們是怎樣不顧尊嚴地裝聾作啞以求生？另外，拿現成文學作品改編，固然可以減省尋找題材的精力，但也同時產生其他的什麼難題？就這樣，師生共同在別人的故事裡觀摩並學習怎樣珍惜既有，好好過日子。

其中，最讓我驚訝的是，觀賞歌仔戲《天鵝宴》時，那些一向對地方戲曲興趣缺缺的學生竟然驚豔連連，發現民間戲劇原來也能被賦予全新的面貌！唐美雲的唱腔作表及帥勁立刻圈粉無數。我們沉浸在繞繚的旋律中，討論剛直不阿的人生觀是絕對的正確嗎？通權達變和阿諛奉承如何區分？而這齣新編劇又如何從傳統戲劇的老舊程式中走出新意來？

戲劇人物表現於銀幕上的，只是一小部分而已，有更大部分是活在觀者的閱歷之中。觀者的閱歷越深、往往共感也越深。有趣的是，看《東京物語》時，接近尾聲處，溫柔體貼的二媳婦，接受公公餽贈的婆婆遺物——一只年代久遠的手錶。當大家談得興致盎然時，忽然一位車輛系的學生舉手說：「我注意到那位在學校教書的小女兒，看了手上的錶後，走到窗邊，馬上就看到載著她二嫂的火車飛馳過去，顯見日本的火車非常準時。」另一位機械系的學生接著起身發表意見：「我也發現了，除了火車準時外，各位有沒有注意到，那只婆婆遺留下來的手錶是公公年輕時送給婆婆的。時隔那麼多年，居然還能使用，可見日本的精密工業真的很厲害！」學生的無厘頭思考，引發哄堂大笑。另外，張藝謀《秋菊打官司》裡的秋菊，只為一個道歉，要一個說法，執著地不惜散盡家財。在爭相發言辯論村長和秋菊誰較倔強時，有位法律系學生慢條斯理起身說：「法律判決，要麼罰錢，要麼坐牢，不能強制自然人公開道歉；秋菊打這場官司，注定徒勞。」如此一槌定音，全場瞬間陷入鴉雀無聲。

集體看電影並加討論的趣味，一是有更多雙眼睛同看一齣電影，注視的焦點各自不同，必然看出更多的風景，被個人忽略的鏡頭經過彼此的提點，會勾引出更廣的視聽，補足閱聽時閃神或錯失的聲音與畫面。如果我沒記錯，似乎是一起看《玉卿嫂》時，玉卿嫂無意中窺見她苦戀著的少年春風滿面帶著小女友逛街時如遭電擊。有位學生提到當時有嗩吶的聲音助陣顯得格外絕望無助，居然有位同學搔首問：「電影裡有配樂嗎？」

一學期裡，我會讓學生報名自選一部，由他領著大家討論。一回，學生自備影帶過來，我事先不曾看過那部電影，如今也不敢確認片名（也許是《東方快車謀殺案》？），內容好像是在火車上緝凶的故事。畫面中，旅人魚貫上車，鏡頭就聚焦在一對情侶手上提著的小收音機幾秒鐘。基於以往的觀影經驗，直覺這個收音機必然有所延展、發揮。於是，我多嘴地請大家留意一下這個畫面；結果直到最後，都沒有接續的鋪敘。我正尷尬著，有人哪壺不開提哪壺，問起老師提醒是為了什麼？我原本想簡單說是導演疏忽的罅漏，或者製片常常會因應市場的片長需求，某些後續的照應可能被忽略而剪掉了。但靈機一動，請學生先動腦想一想可能的相關連結，我自己正好趁機再琢磨琢磨，沒料到卻因此引發相當熱烈的討論。有一位學生的回答讓我印象深刻，他說：「意外發生，為了緝凶，全車的人都緊張不已，人人自危，進進出出的；最後抵達目的地，旅客陸續下車，列車長在車廂間巡視，宣告終點站到了。這時，在其中的一節包廂內探出一位裸著上半身的男子，看來茫然置身事外，一點沒受到打擾；接著，跟女友整頓衣冠後，提著收音機，挽著女友跟著下車去。經過徹夜翻天覆地的攘擾，這對情人之所以能若無其事，應該就是靠著收音機的音量屏蔽所有的躁動。」他接著引申：「世界上，就是有這樣的人，自顧自的，無論外界發生什麼事都與他無干，彷若築起一道銅牆鐵壁，而這個收音機就像是他築起的牆……」一席話說出，舉座嘆服，都承認這位同學超會「掰」，但也不得不同意，觀影確實是一種再創作的歷程。

如今重看這些舊帶子，就像回首過往。這些電影、戲劇，陪著我們師生走過漫漫長路。我們觀賞、討論、借鏡別人的經驗；從純熟的運鏡、美好的鏡頭呈現，培養對美的賞鑑；觀看小人物或偉岸英雄的各自精采；藉別人的行誼審視且修正各自的人生；最珍稀的是師生同窗共度的七嘴八舌……這是一段多麼值得珍攝與回味的迢迢歲月。

我忽然想起，大哥在垂暮之年，已足不出戶，曾為一事暴怒——因為重新裝潢屋子，姪兒丟掉許多無用之物，將他父親的畢業證書、駕照、獎狀、獎盃……等都扔了。當時，大哥氣憤難當，大家都勸他：「扔都扔了，就別再為此事生氣了，反正這些東西現在都沒什麼用處了。」當時雖也為姪兒未徵詢而丟棄他父親的物品深不以為然；但如今，才恍然明白且漸次理解人生到了某個階段，為什麼有人屋子裡常常成了可怕的垃圾場？想要清零為什麼行不通？當冬容憔悴，暗夜逐漸欺近的日子，創造力不再，如何能順任自然、安時處順？也許正仰仗有溫暖的過去環繞，有值得珍攝的情誼回味；當繁華慢慢散去，還有歷歷可證的歷史資料可資佐證、咀嚼。

今早展讀范成大〈冬日田園雜興〉，得「晚來拭淨南窗紙，便覺斜陽一倍紅」句，忽然想起我深愛的小津《早安》和阿莫多瓦《窗邊上的玫瑰》，改幾個字差堪比擬重看這一捲一捲影帶的心情：「早來拭盡VHS，但覺玫瑰數倍紅」，我充分感受了無比踏實的幸福！

——原載二〇二二年十月十九日《聯合報．副刊》

告別高跟鞋

丟了四年多的一雙高跟鞋，居然在某個午後回來了。它走得離奇，回來得神祕。

那年，午後從台中驅車北上，在下交流道時，發生連環車禍。車子被撞得無法動彈，只好致電給兒子。兒子、媳婦緊急前來救援。送修前，我們將車內的東西，一股腦往兒子車上丟，將空車交給修車廠人員拉走。

幾日後，我要去演講，為搭配衣服，四處找尋一雙Clarks的黑色高跟鞋，卻全無蹤跡。我想起那日車禍後的車內物件搬遷，忽然在腦袋中浮現兩隻鞋子被丟後，四仰八叉的模樣。於是，一口咬定鞋子應該留在兒子車內。

兒子一向對母親的叮嚀不甚上心，幾天沒消息給我；我轉而向媳婦求援。媳婦滿口答應，卻也多日沒有回音。我沉不住氣，打電話問結果。媳婦LINE我：「喔！對不起，忘了回電話。我把車上的東西徹底翻過一遍，都沒找到。」兒子開的是一輛露營車，車子裡冰箱、桌椅、帳棚、小朋友的滑板、腳踏車、玩具……亂七八糟的，我懷疑他們根本沒認真找，但不好意思質疑，只在心裡嘀咕：「最好是真的有找過！」

日子一天天過去，因為無故失蹤，那雙鞋的價值瞬間翻倍。每次在鏡前顧盼，總有說不出的遺憾。我每隔一段時間便又想起它，念它。經過鞋店，也忍不住叨念：「為什麼遺失的總是最愛的東西？」接著必然是嘟囔：「根本就沒找，還敢大言不慚說翻遍！」真是積恨難言、也難消，「不過是一雙鞋而已。」我怕窮追會引來這樣的嘀咕。現今為人父母的，要麼有本事就幹個大票的禍害讓兒女去收拾，否則最好別給晚輩帶來小麻煩。

日子一天天過去，那雙鞋慢慢在繁雜的應酬與工作間被放棄並刻意遺忘。

那輛修好的車子，因為台北居家附近可供無償停車的華光社區被夷為平地，遂移往台中老家的透天厝裡停放。因為難得開一次，很久很久才清理一回。四年多之後的某一天，我們回台中，女兒見車子太髒了，順手清洗起來。沒多久，我在廚房彷彿聽到一聲尖叫，接著，看到女兒拎著一雙皮鞋進來：「妳看！是妳那雙找了又找的鞋子吧！居然藏身在駕駛座椅下。」

失物無預警地尋獲，我驚喜莫名，也驚聲讚嘆：「真是天無絕人之路啦，幸好找到了。」心裡偷偷向上帝告解：「主啊！請原諒我冤枉了兒子跟媳婦。」人的執念太深真的不好，但也怪他們平日實在是前科累累，才啟人疑竇。上回，我的文友經過他們經營的餐廳，請他們轉交一瓶高級橄欖油給我。橄欖油擱置到差點過期，被一再叮嚀，甚至威脅，兒子才心不甘、情不願帶回給我們，還補刀說：「像這種雞毛蒜皮的小事，誰會記得！工作忙到爆，你們老人家自己沒什麼事，總以為我們也很閒似的。」我以為一瓶油跟一雙鞋應該同屬於他所說的「雞毛蒜皮」，也不好意思嘮叨他，畢竟聽說他們從事的都是經國之大業。

身為一個堂堂正正的君子，冤枉別人的事情真相大白後，當然老實招認心裡曾經的怨懟。媳婦當場哇哇大叫：「原來媽媽如此不信任我們！太冤枉了我們。」那天，正好是我的新書《家人相互靠近的練習》發表會，由媳婦主持，兒子和我對談。媳婦正苦思如何開場，這下子適時找到哏了，馬上以這件「沉冤昭雪」的及時素材，作為兩代相處的難處開場，訴諸民意，意外得到在座許多媳婦的笑聲和掌聲附和。

這雙高跟鞋之所以讓我如此懸念，是有原因的。我的雙腳大小略有差距，合了左腳，必鬆了右腳，很難找到合腳的鞋子，難得這雙鞋左右逢源，大小適中，穿起來又舒適。既然記掛如此之久才回歸，當然得好好穿上，解解相思。正好，有個重大的頒獎典禮在內湖的萬豪飯店舉行，正苦於無適當鞋子搭配豔紅洋裝，舊鞋翩然從天而降，簡直天賜我也。

誰知，先前明明穿得很舒適的鞋子，經過了四年的沉潛，忽然跟它的主子鬧起彆扭。臨出門時，才發現走起路來不甚便捷，以為鞋和腳只需些許時間溝通、協調，就不顧一切地穿著上路。誰知，鞋子積怨太深，一路鬧脾氣，說什麼也不肯跟腳丫子言和。幸好從家裡到東門捷運站前的那段路，位居總統府附近，因為關乎門面，人行道整修得又寬闊又平整，一步一腳印，慢慢走，大體還不成問題。

出了內湖捷運站後，我四顧茫然，不知該往左還是往右，甚或該直行。正猶豫間，救援及時來了！石曉楓教授從身後出現。曉楓教授既年輕且靈慧，聽她的準沒錯。她手握手機，跟著導航行動，我則聽她的指令前行。

當時，內湖捷運站前不知正進行什麼地下工程，人行道被柵欄圈出彎彎曲曲的行走路線，整個路面更是被蹂躪得千瘡百孔，體無完膚。有時一腳踩下去，立刻陷入坑洞，有時又會不小心踩到詭異的磚片或石頭。鞋子很不合作，有時往右扭、有時朝左傾，每一舉足都充滿挑戰，堪稱步步驚心。就這般左傾右斜的，像一名分明走不穩的醉婦卻妄想當街證明自己根本沒有醉，真是糗大了；偏偏曉楓教授多禮，總是走在偏後方，我很想留個姿態婀娜的背影給她，但越是想端正風範，雙腳就越是不聽使喚。

拖拖沓沓、歪歪扭扭地走了一段路後，才知手機面板上的三、四公分長，還原到真實人生中，原來三、四公里路都不止。我舉步維艱，幾乎要開始喊救命了，才聽到曉楓教授說：「好像就是前方這幢建築了。」雖然只是「好像」，聽來卻像天籟一般地嘹亮。天可憐見！怎麼會這樣！印象裡，不是一雙讓主人自覺穿起來舉止優雅的高跟鞋嗎？怎麼四年後穿起來竟如此窘迫、狼狽！

四年到底有多長？原來可以從一雙高跟鞋看出來。鞋子看來沒變，它雖蜷曲駕駛椅下，但稍加擦拭，依然亮麗如昔，毫髮無傷。歲月單挑鞋子的主人欺負，在鞋主的肢體上毫不留情地輾壓過去。四年中，它從左手食指延伸到整個左手掌，再橫過胸膛，一直麻木到右指尖，右手掌；接著，直奔腰椎，然後穿過大小腿直達腳掌。項莊舞劍，意在沛公！歲月夾帶利劍無聲無息前進，卻似舞劍的項公，每一劍都指向我的四肢百骸，因為它武功高強且循序漸進，以致我身受其害卻不自知，講白了，應該是不想知。

仁厚心腸的朋友總是在久違後的邂逅，客套對我說：「妳怎麼越來越年輕？」我常被哄得得意洋洋，信以為真，殊不知人生暗藏玄機。這雙鞋橫過四年歲月，迢迢尋來和我素面相照，看似默默無言，其實是殘忍地揭開不忍正視的緩進慢移衰頹事實。人生崩毀看似始自足下，其實是頸椎、脊椎頂不住過度正直的生理與心理所導致。我這不是信口胡說，醫生曾指著我的頸椎X光片，朝我說：「正常人的脖子上下較寬，中間稍窄；妳的頸椎沒弧度，太正

直了，而且脖子硬得不像話。」我恍然大悟：「正直」和「硬頸」並不止教育部字典裡讚美的詞彙，它也是血淋淋積累疲憊、抗拒歲月的滄桑字眼。

一雙謎樣遺失四年餘的高跟鞋，勾引出過往的諸多橫逆與哀傷，也讓我看清了人生的現實。原來，我的雙腳如今需要的不再是增添美麗高挑的高跟鞋。從今爾後，保平安最重要，我再不需像年輕時一樣，為了遙不可及的理想，逞勝爭雄，專挑險巇、富挑戰的顛簸路向前衝，只要穿上輕便的平底鞋，再挑一條平穩的馬路慢慢走就行了。

——原載二〇二〇年九月一日《印刻文學誌》

輯二　悠悠生途的祝福

水深浪闊的江湖

前些年，我寫了一篇〈小哥的江湖〉的散文在《聯副》發表，得到許多的回響。前些日子在藝文活動中遇到幾位朋友，聊天時還不約而同關心：「伊通街那家妳小哥每星期去吃五天的『六福牛肉麵』都關門好些日子了，妳哥現在午餐怎麼辦？」我聽了著實感動，有人居然這麼惦記著他，我甚至覺得沒有跟讀者交代後續，有些不夠意思。

其實，在文章寫出來投去《聯副》跟登出之間，我的小哥跟小嫂又有了新故事，人生一直往前走去，證明了際遇果真瞬息萬變。

〈小哥的江湖〉登出的前一個星期，深夜兩點鐘左右，忽然接到小嫂電話，說是白天沒見到小哥出現在慣常喝茶、聊天處，不放心，踱到小哥租屋處查看，發現他昏迷已經不知多久，趕緊招來救護車送去急診。

急診室裡，小哥由醫護人員照護，嫂子紅著眼跟我說：「上兩個星期，我們才去戶政事務所重新辦理結婚手續，我請他搬回來住，他回來幾天說住不習慣，又回原住處，誰知……」我好奇這兩人關係如此糾結，到底所為何來？驚訝地問：「他都這樣扯爛污了，妳幹嘛還要跟這個奇怪的男人結婚？」但嫂子不理我，專注地持續描述剛才的驚魂記。說這次真是注定小哥命不該絕：「我都洗好澡、換好睡衣，連安眠藥都吃了，就準備上床睡覺；忽然覺得好像哪裡不對勁。於是，又換上居家服，帶上手機，匆匆出門去查看，竟然發現他倒臥浴室門口。媽呀！如果不是我及時趕到，如果我沒帶手機，妳哥應該就這樣掛了！冥冥中，應該是死去的媽媽不放心她兒子，刻意來叫我過去的。」我才不信這些迷信的話，倒比較相信他們夫妻倆惡緣未了；但憑良心說，她對我那浪跡江湖的小哥不離不棄的，我還真是心存感激。

小哥終於奇蹟似地又從鬼門關繞了一圈回來。出到普通病房，我跟女兒去看他。小嫂不提防問我：「妳還在寫文章嗎？」我嚇了一跳，才剛寫了小哥哪！文章還躺在編輯的桌上，真怕他們看到會砍我，正不知如何閃避話題，小嫂接著說：「妳小哥齣頭（花樣）濟（多），妳準若欲寫，題材濟（多）到妳寫袂了。」真是心電感應，我總算稍稍放心，看來他們不介意屬於他們的故事被昭告天下。

小哥出院後，曾來過我家一趟，剛好報社寄來刊登的副刊文章。我忍不住拿給他看，他說沒戴眼鏡來，請我念。我心虛地念著，不時偷看他的表情。念著、念著，忽然有些哽咽。他看了我一眼，說：「寫得很公正，我這個人就是按呢……」然後又開始誇張講起散文中提到的他去代人索債卻反被仇家劈了一斧頭的血淋淋往事，我總算放下心。

休養過後，為慶賀他恢復健康，我請他們夫妻來吃晚餐。嫂子一來就說：「我的朋友說妳寫了我們，我都還沒看哪！」我驚得炒菜的鍋鏟子差點掉地上。她看報時，我故意跟小哥大聲說話干擾，還頻頻問小嫂子問題，她不得不取下眼鏡說：「我還是回家再專心看吧！」我鬆了口氣喊吃飯，她回家若看了覺得不順心，就算拿了斧頭也劈不到我，這樣應該安全些。桌上擺了滿滿都是母親常做的菜，小哥吃了一碗半的飯，狀至滿足。看起來離開江湖後的小哥，腦裡想的，不再是他的江湖，只是媽媽的味道。

像這樣的飯局，算是我們親友和小哥的最良性互動，純粹吃飯、聊天，談他的黑道傳奇，圍事的種種黑歷史，雖步步驚心，但不至於被連累。但聊天時，我們總是刻意支開孩子，從兒女小時候到現在的孫女，就怕他們聽多了血腥暴力及奇怪的歪理，混淆了正常的視聽。

但小哥其實是很喜歡小孩的，對孩子很友善。有錢的時候，出手大方，帶著出去餐廳吃大餐，不惜一客幾千元；領著他們去看球賽，總是買最高價位的入場券，從來沒有在分大人或小孩，眾生平等，就像他為了讓我們嘗鮮，買高價票請我們去聽演唱會一樣。也因為這樣，我常自慚形穢，因為每有綁架新聞出來，我就轉頭吩咐小朋友：「小舅舅（或這位舅公）如果到學校說要接你們回家，千萬別跟他走。」我已忘了當年的兒女有沒有提出疑問，但孫女海蒂跟諾諾第一次聽聞時，可是不約而同問我為什麼。我一時語塞，只好用「我們不會請他去接妳們的」應付，諾諾窮追不捨，說：「為什麼不會？」我無奈，只好嫁禍他人，說：「這位小舅公交了一些壞朋友，我不希望妳們被他們帶走，我怕從此就見不到妳們。」

我們之所以這樣事事防範，也是其來有自。年輕的時候，他賭輸了錢，會打電話來，理直氣壯地要求：「我跋筊（賭博）輸人，暫時借我〇萬箍，先借一下，真緊就會還。」數目都不小。我回他：「我哪有錢啦，你毋通閣（不要再）跋筊，十跋九輸。」他賴皮說：「也毋是借偌濟錢，遮爾仔（這麼）凍霜（小器）！」我說：「你把以前借的先還了，再借才有啊！」他嗤笑說：「我就說你們讀書人頭殼都壞掉，妳還不信！我若有錢先還妳，敢猶有需要共妳借？」聽起來還滿有些道理的。他的效率挺高的，說：「我不管！我已經共恁厝的地址寫予伊矣；差不多半點鐘後，伊就會去揤（按）電鈴提（拿）錢矣。」我嚇得魂不附體，這是哪招？我極力推辭：「誰會在家裡放這麼多現金！」「那是妳家的事。」我正要罵他：

「你怎麼能把我家的地址寫給黑道！」一失神，他已經先把電話給掛了。

說實話，小哥如果不那麼「匪類」，也還算是相當幸運的人。他一生不乏紅粉知己，每個都死心塌地愛他，他幾乎什麼事都不用做，就靠女人養他。聽說還曾有前後任女友在大年初一就當著我娘的面為爭奪他大打出手。我的幾個表兄弟，在不久前舉行的家族聚會中，還納悶討論：「恁小哥到底有啥物撇步（祕訣）予查某人個個為伊醋桶瑠咧旋（吃醋）？伊也無比別人較緣投（英俊）。」就因為這樣，他幾乎都不用謀生，自然有人搶著供養他。

早先，有一陣子小哥和妻子鬧翻，姪兒曾經介紹他到中部的工地找到一份開水車的工作。在台中租了套房，早出晚歸的。第一次憑自己的勞力工作，踏實得緊。他曾經跟我形容：「拿到人生中第一份薪水時，妳不知道我有多驕傲、多興奮！摸著鈔票，真的不自禁流下眼淚。」然而，當時在中部孤家寡人的，長夜漫漫，不知如何打發，他竟養成了吃搖頭丸惡習，原先的改過自新生活開始走調。

開水車時，常常恍神，不是倒車撞到電線桿，就是前輪輾進工地水溝內。有一回，還異想天開，將偌大體積的工程灑水車開進市區，一路驅馳回潭子老家門外，站到大門外圍牆邊踮腳往內探望，也因此遭到老闆痛責。薪水常因頻頻肇事，被東扣西扣的，所剩無幾，工作不到半年又回到台北，結束他人生唯一短暫的職涯。

重新結一次婚的兄嫂，相安無事了些日子。其後，輾轉聽說不知又是基於什麼樣的因素，兩人夫妻關係又告吹。這樣分分合合的，我們沒人敢提問，直覺問了就像無故去捅蜂窩，會招來無盡的麻煩，小哥的人設一直就跟「麻煩」二字連結緊密。所以，所有親友都不接他的電話。我也疏於跟他聯絡。他來了，我請他在家吃便飯；他沒來，我就當他一切安好。

一日，他又無預警出現，說是租屋處將被收回，隔天就是被寬限的最後日子，他急如星火，眼見就得流浪街頭。我也急了，因為他跟我聊了一整晚，最後給我幾個天方夜譚般的選項，我簡直驚詫得無言以對。

方案一，讓他在我的潭子老家暫居，他說得極卑微：「不必讓我進去屋子裡，就讓我在大門內的草皮上紮營，妳園子裡不是也有水電？」方案二，先借他一些錢，讓他買一輛二手車。他將以車為家，夜宿某大廈的地下停車場；方案三，讓我向他太太求情，讓他搬回家裡。方案四，幫他在外面租屋，先幫他付三個月的保證金和第一個月的租金，往後再幫他付半年租金，接下來他有社會局補助，就可自立；方案五……我聽得霧嘎嘎，不知為何所有的麻煩都莫名其妙排山倒海而至，我到底犯了什麼錯！

外子一向溫和，不善拒絕，我讓他迴避一旁。幸而當天兒子、女兒都在家，幫了我一把。方案一，我說行不通，若讓人知道我將兄弟擱在家裡的草坪紮營，不讓進屋裡，傳說出去，比完全不讓他進門還悲壯；兒子偷偷提醒我，請神容易送神難，乾脆就託言兒子可能搬去居住，請他斷了這個念頭。不是我們無情，是他前科累累，不可信任。

方案二，以車為家，夜宿大樓地下停車場。這談何容易？不是大樓的住戶，人家豈容你鳩占鵲巢住到地下室？何況如何沐浴漱洗，也是無解問題。這方法太瘋狂，完全不用考慮。

方案三，我追問小嫂一向仁慈，這次何以鐵了心不伸出援手？小哥只好老實招認，前一陣子，他找援交妹回家，在家大嗑搖頭丸狂歡，激怒了妻子。嫂子提分手，我猜測小哥也許毒癮難耐，跟嫂子談判，要求小嫂拿一百萬元給他，然後一刀兩斷。事情真相大白，我覺得嫂子對他算是仁至義盡，為哥哥的惡行劣跡感到慚愧，我強調：「我還有什麼臉去向她求情，是你自己惹出來的，怎會由我負責求情！我羞愧到躲她都來不及，發誓絕不會跟小嫂再聯繫的，別指望我去。」方案三破局。

方案四還沒討論，女兒已先幫她舅舅在網路徵租啟事裡找了幾間房。女兒覺得舅舅一文不名，當然得租偏遠地區，譬如山邊的象山或海邊的淡水。小哥還不同意，說至少得靠近農安街，離他原來的住處近些的，還讓我務必幫他辦一支新手機。那時我已經被搞得兵疲民困，沒力氣追問他為何得要先為他辦手機？辦手機也需要保人嗎？還有，都這時節了，還挑三揀四，找租屋靠近農安街又意欲何為？

問題看似迫在眉睫，但真假難辨。後來，他還拿出一張租約到期的契約書以資證明事態嚴重。最後，他稍妥協，終於決定租下淡水附近一間還算方便又寬敞的屋子，女兒都幫他談好條件了。次日，我正好要在市府開會，無法陪他去；他看向兒子，兒子一口回絕，說他明日公司要招人，約了面試。我只好請他自己前往，我幫他付搬家費，連同三個月保證金和第一個月的租金都交給他。

小哥走了，我淚流不止。母親亡故，兄姊相繼凋亡，小哥孤伶伶的背影顯得絕望，萬一他淪為街友呢？我責備兒子藉故閃躲，兒子說：「你們就是偽善，妳能負責他到幾時，他就是吃定妳，他怎麼不找別人？我如果明日載他去，以後他的問題就變成我的問題，我自己都自身難保，妻子女兒都快顧不上，房東看到有人帶孤老頭子來，一定要留下我的資料給他，屆時出問題，我怎麼有能力承擔！妳就是一次次幫他，他當然一遇問題就來找妳。」這番話雖然看似絕情，卻也切中肯綮。

我想起一回小哥密集來借錢，我負氣躲裡屋，留外子跟他周旋。就聽他二人像打一場無力的回力球般反覆在兩句話間來來回回。小哥說：「這是最後一次，之後我就有錢了。」外子說：「借你錢沒關係，但沒辦法解決你的問題。」最後外子不知能再說些什麼，就問他：

「平日如果不是來跟玉蕙借錢，你都跟誰借？」小哥坦然招認：「我都跟不會要我還的人借錢。」兒子說得沒錯，我借錢給他，從不曾指望他還，他是吃定我了。

他搬家後，也沒來電確認；我事情忙，他沒來電或來訪，我就當他一切ＯＫ。接著他每個月來拿租金，我也不疑有他。他來了並不吃飯，拿了錢，說幾句話就慌慌離開。一日，才拿過租金後沒幾日，小哥又來電，說是過兩天來拿租金；我說不是才拿過？他說：「怎麼會？已經過一個月了。」我讓他回去查一查，我是不會記錯的。他盧了半天，語焉不詳，我聽他口齒含糊，猜測可能又吃了搖頭丸，好洩氣。

掛了電話，我決定打電話給小嫂問個端詳。小嫂的電話鈴聲，猶然是江蕙痴情的〈家後〉。我問嫂子：「小哥是不是還住在淡水？」嫂子說：「他從來也沒住過淡水，那次帶著家當過去淡水，人家見他獨自一個老頭子，根本不肯把房子租給他，他又原車回到農安街。我沒辦法，只好繼續出錢幫他另租房子，跟以往一樣，每個月給他零用錢……」說到這兒，她機警地問：「他該不會也去跟妳重複要租金吧？」我如遭電掣、欲哭已無淚。小哥就相準了我先前信誓旦旦跟他說的：「我羞愧到躲她都來不及，發誓絕不會跟小嫂再聯繫的。」我心灰意冷，連話都不想跟他說了，只用私訊跟他道別說：「小哥，我們恩斷義絕吧？你不能這樣騙我、欺負我。」

日子一天天過去，他一貫沒有解釋，也沒有道歉，有好一陣子真的沒再來找我，我以為他或許真的不好意思了，外子卻笑我想太多，說：「走江湖的人字典裡應該沒有『解釋』或『道歉』這些字吧？」午夜夢迴，我開始反省自己是不是太嚴厲，太無情了。其中兩年的端午節，我學包了媽媽味道的粽子，分送給手足及常來往的甥、姪，藉著傳承下來的粽子味，一起懷念過世的母親。而其實私心多麼想送幾個給小哥，這是他最魂牽夢縈的媽媽粽，我甚至曾想不露面，偷偷潛去他的住處，掛幾個粽子在他的門把上；而我卻只能對著掛在廚房的粽子出神，所有人都勸阻我別再自找麻煩。

沒料到歹戲拖棚，避過風頭後，小哥又出現了。

這回，正當新冠病毒肆虐，他來按鈴，我怎麼也無法不開門。當時，我們剛吃過飯，一進門他就問有吃的嗎？我說只剩了殘羹剩菜，我再來炒個新的。他說不必，坐下吃了一大碗飯，把剩菜都掃光，撫著肚子說：「疫情期間，根本找不到吃飯的地方，這是近幾個月來吃得最滿足的一餐。」

吃完飯，他拿出一疊鈔票，遞給我說：「妳不用擔心，這次我不是來借錢的，我是想讓妳保管我的錢。」我問：「這些錢哪裡來的？」他有些不開心，回：「按怎？敢會是去搶銀行的？當然是去銀行領出來的存款。」他開始滔滔訴說小嫂子怎樣不守婦道，我攔住他，問：「如果我沒記錯，你不是拿了一百萬走人，跟她離婚了？幹嘛管人家的婦道？」他說：「重點是她派小弟監視我的行動，想暗殺我。一天，回家看到有小偷從天窗擠進我屋裡。」我馬上又插嘴：「等一下，你那個房裡的天窗那麼小，小偷怎麼進得來？」他說：「這樣，妳就知道他們有多厲害了，他們有縮骨術……」「那你可以去調大樓監視器或找員警抓小偷啊！」「妳不曉得，大樓管理員全都被她收買了！連員警也是。」「你又沒錢，擔心什麼？小嫂子不是還給你零用錢？她幹嘛偷你的錢。」「啊！我就說妳讀到博士也沒用，人心險惡啊！她有幫我保好幾百萬人壽險咧！」「保險費誰出？不是嫂子嗎？又不是你出的。橫豎你活著也不能領，你死了也領不到，你擔心什麼哪！」「話不是這樣講的。我怕她謀財害命。」……其實，講了五分鐘左右，我就發現他不對勁，應該是罹患妄想症。他當然不承認，有妄想症的人都恨大家不相信他，他是確實感覺自己真的看到小偷用縮骨術潛進屋裡邊，所以，我避過這個話題，不跟他辯這些。

他強調：「怕錢被偷，所以，剛才去把銀行的錢取些出來，想請妳幫忙保管。」我謝謝他在危急中想到我，表示他信任我勝過其他人。但我告訴他：「我的算術不好，你放我這裡多少錢，我很快就會忘記；我們兄妹是一掛的，忘性比記性高，到時候如果為了錢的數字兜不攏，壞了感情划不來。沒有比銀行更可靠的，你還是存進銀行吧！」就這樣，他訕訕然揣

著一疊鈔票走了，從那之後，再無消息。

「沒有消息就是最好的消息。」我偶或想起，總是阿Q地如此自我安慰。然而，這句「沒有消息就是最好的消息」竟然一語成讖。約莫四個多月後，小嫂傳來消息——小哥在租屋裡心肌梗塞，獨自默默離世。據說發現時，躺在地上的臉孔，意外地柔軟安詳，沒有絲毫掙扎過的痕跡。四肢伸展，雙手高舉成V字型，仍然霸氣十足。

我的小哥行走的江湖，水深浪闊，是學不會游泳的妹妹——我——怎麼也無法進窺的浩瀚繁複；雖是同胞手足，走的卻是兩條沒有交集的世路。他不停涉險，然一逕無掙扎地任性悠遊，至死不休；而尋求安穩的我，相形之下，卻腳步趑趄，徘徊猶疑，苟全性命於亂世。

我們原本相互解脫了，卻似乎沒有；淚，依然在心裡下著。人生果然艱難。

——原載二〇二二年十月二十四—二十五日《聯合報．副刊》

悠悠生途的祝福

兒子和女兒的交友狀況，我一向很清楚，他們交了好朋友，常會帶回家來，所以，我多半叫得出名字；同樣的，我常相往來的朋友，也都跟我們的兒女相當熟悉。

這樣的家庭在現代似乎並不普遍，很多的爸媽不會跟兒女的朋友搭上線，兒女對父母的朋友也沒有認識的機會與興趣。先前，我習以為常，沒意識到這並不尋常，直到陸續在各項場合，多次有人前來相認：說他／她們是Hank或含文的國、高中或大學的同學，而一向迷糊的我，居然大部分都能清楚叫出他們的名字而引起對方的驚訝。

曾應邀去金門演講，一下飛機，就有一位帥氣的軍人前來接機，行完禮後，很親熱喊「蔡媽媽」。我定睛一看，居然是兒子的大學好朋友孫崇義，這位孫同學的長官對他讚譽有加，說他能力高強，我這個蔡媽媽居然感覺像兒子被稱讚般，臉上超級有光。

有位才氣縱橫的臉友李律，和我在ＦＢ上相談甚歡。因為他在臉書上使用了別名，我沒認出，直到他靦腆招認：「我就是Hank高中同學李律鋒。」我才大聲驚呼：「你是那位綽號『內褲』的李律鋒嘛！」我欣見年輕的晚輩長成有見識的青年，他已從「內褲」的綽號中逐漸蛻變成和老人家相互論道的臉友了；而我甚至明確感受這波大浪正逐漸衝向浪頭。

另有一回，去評選招標案件。電視上常見的知名主播李文儀盈盈走過來坐我對面，用清亮嗓音喚我「蔡媽媽」！我驚喜莫名，原來她也是該標案的評選委員之一，跟我一起傾聽廠商簡報，做出抉擇，事後還殷勤送我到停車場。

我忽然想起剛在大學教書時，曾去初中同學在芝山岩的家裡，和同學曾任考試委員的爸爸同坐客廳，他居然鄭重問我對目前教育現場有什麼樣的觀察。我一時恍惚，差點說不出話來。因為我在東吳念書時，常去她家吃、喝、過夜，那位有著偉岸形象的父親，從不曾跟我交談。我從李文儀身上看見自己當年的影子，但顯然她比我更落落大方。

也曾在國家劇院邂逅兒子大學時的同學許馨文。當時好幾位同學因製作畢業光碟而密集前來家裡討論、吃火鍋、睡地板。夜裡在兒子房間橫七豎八安睡，馨文夜不成寐，和我在客廳對坐談文學，顯示了他早慧的文青風。多年後，在劇院與他聊天，知他已任大學教職，跟蔡媽媽是教育界同行了。後浪推前浪，我如今也退休了。歲月真不饒人，但看來一代真的強過一代。

除此之外，我的朋友跟我們的一雙兒女也時有互動。多年前，外子因工作壓力，想重新追求幼年習畫的夢想，畫家林耀堂知道後，熱心牽線，所以，外子尚未退休就結識了一群同樣喜愛繪畫的朋友。

外子的五十歲生日，我和孩子集資在信義路買了個工作室當禮物。從那之後，便常找模特兒來入畫。那時，兒子還在大學讀書，若得空過來，常自告奮勇幫忙去永康街排隊買知名的芒果冰。女兒出國讀書前，也常來湊熱鬧，充當接待，兒子和女兒和我一樣都好客。後來兒子去當兵及女兒出國讀書，被大家公推為繪畫班校長的雷驤先生還特地在他家設宴送行。

這些畫友因種種現實因素終於勞燕分飛，逐漸失去頻繁的聯繫，變得生疏。這些年，雷先生病癒重出江湖。國美館出版攝影家系列專書，雷先生名列其間，兒子適巧得到機緣，為該書從事設計工作，從幾千張的照片裡挑選適當作品，並設計版面、封面。兒子不厭其煩多次驅車前往新北投雷家，和雷伯伯一起斟酌、喝咖啡，甚至幫忙修門窗；書籍出版後，還在新書發表會上，成為與談人。雷伯伯微笑著伺機將發言機會遞送給年輕人，我在電腦上看到他們的對談，感到長輩傳承的溫暖。

我深為這樣的緣分而感動，也因此想起前些年，我們五個閨蜜結伴去日本京都旅行。女

兒略諳日文，被我抓來同行，幫忙五位加起來超過三百五十歲的長者服務，解決些旅途瑣事。她欣然應命，跟高齡阿姨同行毫無違和，一路歡樂無比，薇薇夫人說女兒是她依賴的小拐棍，從此變成最年輕的閨蜜。

憶起這些往事，緣由於幾日前我們全家去宜蘭拜訪兩代（或許可以說是三代）交往最久的王峻一家人。我們兩家的孩子念同一幼兒園和小學，兒子上完小四後轉學到台北前，同學氣兒子愛慕虛榮，轉去繁華的台北，集體不理他，「連好朋友王鼎曄也一樣。」兒子放學回家沮喪萬分。其後，轉學到台北，兩家就鮮少來往。

說來也是因緣巧合。一日，忽然在台北街角，兩位媽媽不期而遇，原來她們也搬來台北，這才又重新牽起了昔日的交情。外子拉王媽媽惠涼進畫室，從此畫室裡的大人風風火火的，展開繪畫的偕行之旅。兩位少年倒還是各走各的，Hank念新聞，鼎曄學美術，兩人鮮少見面。大學畢業後，兒子經營「行冊餐廳」，鼎曄從德國取得學位歸來，成為藝術家並任教文化大學。兩位同學分別結婚生子，卻又因為什麼我們所不知道的原因重新走到一塊兒；但曾經熱戀般來往的爸媽畫友們卻只淪於藕斷絲連的聯繫。

前日夜裡，兒子在電話中提起鼎曄的爸爸王峻不知何故，情緒陷入低谷。「鼎曄想邀約你們去宜蘭坐坐聊聊，看看能不能提振一下王叔叔的情緒。我也想帶兩個小朋友去跟小漉（小鼎的兒子）、Jumbo（王家女兒的兒子）玩，你們有空嗎？」女兒和我們欣然應邀赴會。

那日，氣象報告宜蘭有雷大雨，我們頂著風狂雨驟，由兒子開車領著我們一家七口前進。王家也八口到齊，開門揖客。王峻笑說：「好朋友來了，快樂指數加了好多分。」看來元氣淋漓。我們彷彿又回到往日的歡喜熱絡，原本以為漸疏的情誼，原來只是潛藏。兩位貼心的兒子，為

這段交誼重新編織更美麗的紋路。

那天，兩家、三代人溫暖互動，我從年輕人身上看到溫柔和希望，無論為人處事或教養子女，青壯的兒女都有自己的一套民主機制，較諸當年的我們感覺更加篤定，也更具耐心。我們家的兩個小孫女立刻愛上王家兩位年紀更小的孫子，笑看她們殷勤呵護，感覺歲月靜謐悠長，人生彷彿充滿了正能量的祝福，即使外頭暴雨傾盆，也都不算什麼了。

——原載二〇二二年十月三十日《停泊棧》

感謝這分深情厚意

已經不知該如何訴說這分厚重的恩賜了，在寫作之路上，我之所以能持續不輟三十餘年，端賴各報章雜誌及出版社編輯長期的提攜照顧自不待言，其中最關鍵的有三人是我念茲在茲，不敢或忘的。其一是《中國時報．副刊》主編金恆煒，在我創作起步時，用最密集的速度刊載我投去的稿子，持續鞭策出我不斷書寫的動力；二是在我乍入文壇，猶然生澀之際，不計成敗跟我邀稿出書的圓神出版社老闆簡志忠社長，他沒嫌棄我新手的生澀，大膽出版我最初的四本創作集，壯大了我寫作的信心；而結緣最深的莫過於九歌出版社的發行人蔡文甫先生了，他用無比寬容大度的長者風範，長期關照我繼圓神之後幾十年的散文創作，我光在九歌出版社就整整出版了三十本書。

七月十七日晚上，媒體記者來電，乍聞蔡先生仙逝，心情千回百轉，接受訪問時，答得毫無頭緒。雖然明知蔡先生高壽，近年來身體狀況已然日益傾頹，但老天如此明確的謝世定讞，依然讓我萬分不捨。在慶祝九歌出版社成立四十年而編輯的《九歌四十》書裡，我曾提到蔡先生對我的知遇之恩，說他在我出版第二本書時，曾經來信給我鼓勵並表達邀約出版的心意：

「希望不久的將來，九歌亦能為妳服務。是否從現在起，有計畫地寫一些作品，出一本清新而亮麗的書，作為和九歌合作的開始？」

在蔡先生已然仙逝的此刻，再度回首這幾句話，竟不禁眼紅心熱。是何等的幸運，讓我在踏上創作之路的初期便贏得蔡先生的青眼相看，從此毫無罣礙地行走其間，毋須煩惱所有的書寫文字將歸趨何處。只要每隔一段時間，似乎理所當然地，九歌總編陳素芳就會來電問篇幅夠出一本書否？然後，我收攏整理尚未出版的作品寄去，編輯就會幫忙編出一本書來。即使在近年面臨紙本書銷售低迷的跌宕考驗時期，蔡先生仍宣示「一生和逆流搏鬥的人沒有悲觀的權利」，九歌仍舊屹立不搖地持續關照、支持，沒讓我操過半點心，成就了我大半輩子毫無遲疑地、堅定地與文學為伍的因緣，這樣的幸運，世間有幾人能夠！

真的非常感激這樣的緣會。蔡先生當然不只對我如此，今早我又將《九歌四十》重新細細讀過，發現每位作家筆下的蔡先生跟他們都有不同的交會，他用各式各樣的方式對待不同的作家：尊重老輩文人，對中壯派無分軒輕的支持，對年輕新手百般呵護照顧，幾乎每位作家談到和他老人家互動的故事，總是溫馨感人，而這歸納言之，不外熱情和誠懇。

我在《九歌四十》書裡的〈不負盛名〉中提過一件常記在心上的事，也是跟蔡先生有關的：

「二〇一二年九月，我應邀前往九歌擔任『梁實秋文學獎』評審。那回，一見面，蔡先生即刻取出一本《講義》雜誌，翻開其間貼了藍色標籤紙的文章〈入靜〉，邊翻邊告訴我：『妳不是常失眠嗎，這篇文章教人如何入靜，應該可以改善妳的失眠狀況。』我問：『這書是送我的嗎？』他說：『當然！特別為妳準備的。』我喉頭忽然有些哽咽，佯裝埋頭把書放進包包裡，其實是怕被大家發現差點奪眶的淚。」

我早就發現蔡先生不只關心我的創作，他是認真看我寫的文字的。他之所以幫我留下了這本《講義》，應該是從我的《五十歲公主》的一篇〈緝拿失眠元凶〉裡看到我為失眠所苦

卻束手無策，所以，當他在雜誌上看到可能的解方時，就貼心地幫我保留下來了。在此之前，他也是只要看到我在報章雜誌上發表的文章，心裡喜歡的，就會特地打電話來鼓勵讚美一番，有時甚至才發表一篇文章，他就在電話裡幫我規畫，說是可據此相關主題拓展成一本書。我最感激的是他看到外子在報上所畫的插圖，就來邀請外子和我合作出版一本圖文相映襯的繪本書《曾經的美麗》，開啟了後來我和外子合作出版的模式。

雖然我的作品多在九歌出版，但我和蔡先生見面的機會其實有限，只是偶爾應編輯邀請到社裡去為新書簽名、評審「梁實秋文學獎」或其他記不起來的什麼需求，蔡先生總會請我去他辦公室聊聊，偶爾也會親自下樓來看我；捨此之外，就是在外頭的文學活動場合裡見面。我天不怕、地不怕，就怕和蔡先生講話，因為他的鄉音實在重，到九歌去還好，陳素芳總編可以擔任翻譯官；在外頭見面就有點窘，對話中，我常常似懂非懂卻假裝聽懂地頻頻點頭，裝乖順。幸而那樣的場合，總是人馬雜沓，談話時間有限。其實，這還不是最可怕的，可怕的是蔡先生給我打「語焉不詳」的電話，我老舌頭打結，換我語焉不詳。後來，蔡先生應該也發現了，就專挑外子下班時間打，電話一通，先讓我請外子在另一話筒裡擔任翻譯，總算解決問題。惆悵的是，解決方法找到之後的日子，蔡先生就因體力不支，鮮少打電話來，所有來自他老人家的關切，多半由總編輯陳素芳間接轉達了。

當我一聽到蔡先生的噩耗，馬上聯想到的是：台北市政府文化局正籌辦一場「九歌」、「洪範」、「爾雅」三家文學出版社的揄揚計畫，原本應該可以讓病中的蔡先生略略開心些的，卻因為疫情關係，耽誤了時程，蔡先生終於還是來不及看到大家對他努力一輩子的九歌出版社的尊崇與肯定了。雖然蔡先生曾因致力挖掘台灣各種文類的文學作家，於二〇〇五年已獲得新聞局頒發金鼎獎「特別貢獻獎」，表彰他在文壇的功績，有沒有再接受揄揚，也無損蔡先生的成就與貢獻；但想到蔡先生一輩子心繫九歌，還是覺得有些可惜與遺憾。

一位新聞界的朋友，在聽聞蔡先生過世消息時，從美國寫私訊給我，提及二〇一一年她從美國返台，曾在台北街頭一個小巷子裡見到蔡先生，蔡先生正趕著去長春戲院看外片展。她覺得八十六歲的人，還會一個人去戲院看歐洲片，讓她對蔡先生的內心很好奇，「可以說也增加一點敬意吧。」她在簡訊的最後這樣說。我心裡想：這的確是蔡先生會做的事，就是因為他老人家擁有一顆赤子之心，對新事物的包容性高，對出版業有多方的期許和使命感，所以才能拓展出多元的版圖，九歌之外，還有健行、天培出版社、成立文教基金會、舉辦現代少兒文學獎、小說寫作班……等。

他出版純文學作品，也不辭流行文化；他敬重傳統寫作，也不辭文學中實驗性作品；他掌握主流文學，也開拓多元寫作；他出版華文創作，也廣納外國翻譯作品；他出版成人書，也關心小朋友的閱讀；只要是他認定好的作品，即使明知可能虧本，也在所不辭。台灣有這樣的出版人，真的是作家之幸，也是讀者之福；而我只慶幸此生能與蔡先生結下如此深厚的緣分，不止於編輯與作家而更近似親人般的情緣。在此致上由衷的謝意，也祝福他一路好走，乘願再來。

——原載二〇二〇年八月一日《文訊》雜誌

十五年前的手寫信溫度猶存

二〇〇四年聖誕節前，我收到一張寄自舊金山的明信片，寄信者是我讀台中師範附小時，隔壁班同學藍采敏的母親，也是前輩畫家藍運登先生的夫人，她原本也是個眼科醫生，藍采敏算是繼承母親的衣缽。

藍媽媽在信中表達對我文章的喜愛，像個文青一樣讚美著。我簡直受寵若驚，馬上給她老人家寄去一本當年出版的拙作《像我這樣□□的老師》。然後，在二〇〇五年二月，我就收到以下這樣的一封回信：

廖小姐‼廖教授？廖博士？不知如何來稱呼妳比較好？就像妳們一群女中同學們，采敏的好朋友——就像自己女兒叫她們的名字，所以假如叫妳「玉蕙呀」的話，更有親近的感覺，也許‼

大約有一個月了，我從ＬＡ采芸（老三）處過完了Xmas、新年后（後），回來ＳＦ家時，由一大堆信件中看到了妳寄來的新著「像我這樣的老師」時，我是多麼的高興，我真的不能以中文充分表達出來，（假如可用日文的話，我想我會以我的真情十分傳達給妳）真的謝謝妳!!

我不單很喜愛妳的小品文章隨筆，同時也很欣賞蔡先生很有人情味的畫。所以，我馬上把這本書放置於枕頭邊（都是放著我最喜愛的日本岩波、文春文庫等的名人隨筆一大堆）。而每晚睡前，手拿妳的這本新書時就想還沒有寫謝信給妳而掛慮，而另一方面又想等讀完才來寫點什麼感想等，自己有好矛盾的反復（覆）。

到了昨晚終於看、讀完了。在欣賞妳的每篇文章的時候，我都會把采風（也是在大學教書的采敏的大姊）的教書生活的點點滴滴，重te（疊）在妳的文章和妳的笑容（書表封的相片）——使我多了解、欣賞和安慰妳，她的立場、心情等等。

我幸好去年給采敏夫婦做了白內障手術之后（後），現在看ＴＶ、看書都很好，所以很感謝快九十歲了，還讓我感覺每天不夠時間來看許多人未讀的書籍的夢。

我下星期要回台掃墓，假如妳有回中部、有餘裕的時間的話，請和采敏連絡，我們可會面好嗎?請不要笑我的亂筆中文!

藍媽　8／Feb／2005

廖小姐!!
廖教授、廖博士、不知如何來稱呼
妳比較好、就像妳們一群女中同學們
一家般的好朋友一家就像自己女兒叫她們
的名字，所以假如叫妳「玉蕙」呼之的話，
更有親近的感覺，也許!!
大約有一個月了，我從L.A.一家芸（老三）処過完
了Xmas、新年後，回來S.F.家時，由一大堆信件
中看到了妳寄來的、新著「像我這樣
的老師」時，我是多麼的喜哭，我真的
不能以中文充分表達出來（假如可用
日文的話或想我會以我的真情十分
傳達給妳）真的謝々妳!! 我
不單很喜愛妳的小品文章隨筆，
同時也很欣賞蔡先生很有人情味
的畫。所以我馬上把這本新書放
置於枕頭邊（都是放着我最喜愛
的日本岩波、文春文庫等的名人隨筆
一大堆）。而每晚睡前，手拿妳的這
本新書時就想還沒有寫謝信
給妳，而掛慮而另一方面又想等
讀完才來寫些什麼感想等首
已有好矛盾的反復。
到了昨晚，終於看，讀完了。在
欣賞妳的每篇文章的時候，
我都會把一家風（也是在大學
教書的一家般的大姊）的教書
生活的點々滴々，
重疊在妳的文章和妳的笑容
（書表封的相片）使我多了解，
欣賞和安慰妳，她的立場，
心情等々。
我幸好去年給一家般夫婦做了白內
障手術之後，現在看T.V.、看書都很
好，所以很感謝使我擴大了還讓我感覺
每天不够時間來看許多（未讀
的書）的樂趣。我下次暑期要回
台灣看看，假如妳有回中部，有余裕
的時間的話，請和一家般連絡，我們一同會面
好嗎？請不要笑我的亂筆中文！
蘊婷. 8/Feb.'05,
於San Francisco.

藍媽媽的信寫在一張卡片上，窄窄的篇幅中，擠了滿滿的字，也呈現出前輩知識分子的優雅謙和與敏感多情，莊重中不失活潑。那年四月清明，她果真返台掃墓，我們也確實見上一面。

采敏夫妻繼承父母的「藍眼科」，後來我才知道「藍眼科」在台中是很知名的。我原本有點困惑，不知從何聯繫采敏。母親聽說了，很高興地跟我說：「藍醫師的先生是我的白內障切除手術醫師，我下次去，跟他要電話號碼。」

就這樣，我們不費吹灰之力聯繫上，采敏夫妻邀請外子和我在台中的某家餐廳吃韓國菜。藍媽媽雖然年高，卻保留著少女般的情懷。她優雅樂觀，近九十歲卻依然保持高度的閱讀習慣。看到我時，展現了極度的興奮，像個小女孩似的，我一下子就被她的熱情征服了，我確認她應該是我截至目前為止最年高的讀者。

我從信中知道她掛心兒女，在書中尋索跟我一樣擔任教職的大女兒采風的身影，特意跟老人家提起，其實我和采敏同校不同班，不是太熟；但跟她那在印第安那大學任教的大女兒采風教授，倒曾經有過一趟印象深刻的大運河豪華郵輪的同行之旅。

當時，是到南京大學開學術研討會。會後，曾在號稱「豪華郵輪」、設備卻極簡陋的船上，同宿一艙，兩人共食六菜一湯的豐盛食物。低頭吃著飯的藍教授許久沒說話，猛一抬頭，卻見她捧著飯，眼眶都紅了。兩人吃六菜一湯，而我們看見底艙裡還有擠臥在一堆的當地百姓，我們何德何能享受這樣的待遇？難怪研究兩岸社會狀況的藍教授要感慨得幾乎落淚！藍媽媽聽說女兒的民胞物與情懷，似乎感到相當安慰。

但一直到去年十二月，台中女中百年校慶時，我才赫然發現二〇〇四年十二月，當藍媽媽用手寫信跟我聯繫的同時，采敏和我竟同時當選台中女中第一屆傑出校友；當年因為學校聯繫出問題，我沒能親自前去領獎，所以，並不知道和采敏同享這等的殊榮，同時得獎，說起來也是因緣巧合。

十五年後，台北文學季舉辦「我想收到你的手寫信」活動，錄影團隊前來訪問前，我翻箱倒櫃，找到這封被珍藏多年的信。見信如見人，想起藍媽媽當年持之以恆的好學不倦及見面時的雀躍模樣，不禁萌生幾分的想念，卻也同時感受手寫信十五年後溫度猶存。

——原載二〇二〇年三月一日《文訊》雜誌

千萬人之間，我們相遇了！

千千萬萬人之間，我們相遇而且對話了，只是因為身處同一空間，或由於特殊的機緣，有時話短，有時情長，緣分真是不可思議。

01有時候

近幾個月來，因為常半夜腰痠背痛醒來，經過長時間復健，加上多項檢查都不見效。於是，在我那自以為是「半仙」的兒子建議下，不再尋醫，開始到附近的運動中心游泳，並在冷熱水池中交替蒸、烤、泡。

因為是在特定時段，可以享用市政府的敬老美意，每次去，都看到超多高齡婦人。

通常，我都默默獨自進行。發現大部分的人似乎都相互熟悉，游泳池裡，常在外側水道走路或群聚聊天，我下池游泳時，常得彎彎曲曲避過她們，無法暢游。在蒸烤箱窄小的空間裡，尤其聒噪。我本來是愛熱鬧的人，但在有限空間，聽七嘴八舌也有點吃不消。於是，我慢慢琢磨出，午後的時段較安靜。我遂把游泳從早上調到午後。但換上泳裝泡水或蒸烤時，因為人口密集，還是常鼻子對眼睛的，見面幾次，少不得頷首為禮。

一日，我忽然想到一個有趣的實驗。我想起在長年的教育職場中，我一向是負責說話的一方。不管教書、演講、評審或評選會議都得說上很多話。養成習慣後，跟朋友交往也常慣性說話，先生又是沉默寡言的人，我說的話真是太多了！我立志每去一趟運動中心，要設法認識一個人。在這裡，我扮演聆聽角色，少講多聽。結果，幾個月下來的體會是：只要有機會，人人都可能成為名嘴。

我問：「妳從哪裡來？」立刻引來一長串的公車路線及搭乘轉車的不便埋怨，甚至是路線遠近、乘客素質及擁擠度。我說：「為什麼從那麼遠的地方來？妳們附近沒有運動中心嗎？」接下來是她們家附近的運動中心水髒、場地老舊、環境不舒適、曾經遭遇的各種不舒適對待……等等抱怨。

一次，一位婦人得知我跟她住處接近，立刻強力推銷附近的教會過幾天有很棒的見證與分享。幸好當場沒有紙筆，她無法讓我留下電話。我一直泡在水裡好久，怕太快上去更衣沐浴，會被她盯上並留下緝捕電話。

年紀稍長的，大部分是相互交換病情。之後，對方必然會熱心推薦某醫院的良醫，然後，細說從頭，峰迴路轉的，我聽得認真，幾乎就要被她說服了，決定一離開泳池，就立刻奔赴，結局卻是良醫並沒有醫好她，所以她才決定來運動。

有一回，我坐在蒸氣室角落。猛地進來一位大姊大，低聲跟我說：「可不可以讓我坐妳的位置，妳坐到另一邊。」原來她是游客兼游泳衣的中盤商，坐角落買賣方便，又可避免稽查。她甫坐下，馬上一群女士尾隨進來。妳掩護我、我掩護妳地試穿泳衣。但因身體是濕的，穿脫不方便，全齜牙擠眉的。我看見一位年輕男士在附近探頭探腦的，原來這種行為不被許可，一樓有泳具販賣部，他們繳了租金，這位女士算是無照攤販。

曾經在烤箱內，驚見一位年紀七十五的婦人，雖然身材顯得豐腴，躺在木地板上居然可以做出犁鋤式高難度動作——將垂直高舉的雙腿，往後方彎曲到後腦勺旁貼地，大夥兒給她熱烈的掌聲，我忍不住稱讚她太厲害。婦人得意極了！說：「衝著妳們的掌聲，應該給妳們

看看我唱歌比賽的影片的，可惜手機沒帶進來。」說著，倏地站起身說：「那我還是去取手機進來吧！」我差點咬掉自己的舌頭。我本來已經要離開烤箱，這下子脫身不得了，她如此興沖沖，我怎麼好意思不顧道義地轉身離開？於是，只好繼續等候。

婦人終於氣喘吁吁回來，從手機裡點出她的歌唱比賽畫面，臉上充滿興奮的光。螢光幕上的她唱得忘我，雖然說不上聲音或技巧有多好，但台風很自在，感覺臉上也有光。大夥兒傳著看，有人問：「後來妳得了第幾名？」婦人愣了一下，訕訕然回說：「每個人都有獎啦。」我說：「妳真是多才多藝。」她又高興起來，正開口要說些什麼，卻見一個女救生員探頭進來警告：「阿姨，這裡不能拿手機進來喔！不然會爆炸喔！」婦人聽說後，只好收回手機，感覺她有點洩氣，我連忙安慰她說：「幸好大家都看完了。」她似乎又高興了點。推門又循原路將手機拿去歸位。

我後來歸納出每一回的嘗試，都有幾分難以脫身的危險性。這讓我想起，每天被我喜孜孜言語轟炸的丈夫，或許也有跟我同樣的不耐煩困境。回家後，我若無其事在飯桌上請教：「我們每天這樣互動說話，你會覺得我太嘮叨嗎？」他居然沒在客氣地回：「有時候。」有時候到底有多少時候？我不敢再往下追根究柢，直接把他的「有時候」當作是「偶爾」的代稱。不然怎麼辦咧？要憋死我嗎。

02如果世界剩了男人

家裡的男人真的寡言，但我還遇過比外子更辭蹇的。前一陣子，在南門中繼市場遇見了一位看起來很不耐煩的賣刀、磨刀販。這位男子的寡言讓我聯想起多年前，在東門市場邂逅一位很會罵客人的鵝肉販，他邊賣鵝肉，邊機巧地耍嘴皮子，用各式的理由消遣排隊來買他鵝肉的客人，詞鋒甚利。可能因為他賣的鵝肉好吃又便宜，客人都忍辱負重，笑臉承受屈辱，堪稱當時東門市場特殊的景觀。南門市場這位看起來很厭世的磨刀者正好相反，不輕易開口，一開口完全就是冷嘲。

南門市場開張那天，我們看到有磨刀的舖子，意外驚喜。次日，想去樓上吃午餐，路過時，本想詢問磨刀費用若干，發現老闆在店裡打瞌睡，只好作罷，牛肉麵也沒吃成，等候的人都排到門外去了。

後來，我們專程用報紙包了三支刀子，大大小小的去找他，沒料到店裡沒人，以為他不做生意，推一下門，竟然是開著的，想他可能是去洗手間之類的。乾脆再逛一圈。

繞了一圈回來時，看到他坐著發呆。趕緊推門上前。他面無表情，聽完我們要磨刀的敘述，眼一側，外子馬上很有默契地從包內掏出那三把刀。那人依舊保持沉默，拿起其中一把端詳（對另外兩把嗤之以鼻的樣子），然後言簡意賅說：「三把三百元。」外子點頭說好，他說：「等一下。」然後完全不理會我們的任何詢問，拿起那把剛才端詳的刀子敲打尖端部分，冷冷說：「德國刀也不怎樣！」我們怕自討沒趣，不敢亂回話，我乖乖端坐室外的長椅上等候，外子踱啊、踱地又進到屋裡，掏起本子畫起那人磨刀的背影。我從室外看進去，就像一場默劇般，男子磨好刀子，外子收起本子，一人掛著笑臉，幾近卑躬屈膝地討好付帳，另一人繃著臉給刀。出門，男子繼續呆坐。兩個男人就這樣無聲地進行著交易。

如果世界剩了男人，應該安靜許多吧！我想。

03舉手之勞

有些緣會真的只是剎那。

搭公車去朋友家聚餐，公車上乘客不多，因為只有幾站的距離，我和外子就近找個了博愛座坐下。幾站過後，對面一位老先生顫危危起身準備下車，司機一個小煞車，老先生往前方顛仆了一下，肩膀上由左往右斜背著的背包帶忽然落到左邊腰間。老先生邊站定，邊用手把背包帶往上喬回肩上，動作有些不利索，背帶順道把背部的外衣下襟整個一起翻了上去。

車子即將到站，我急了，忘了男女之防，迅疾伸手將他的外衣往下拉扯平整，老人就在我的動作完成那刻，滑溜地從我指尖滑出，下車去了。天衣無縫地，那位老人渾然不覺。再過兩站，我們下車。

歡樂聚餐過後的回程，我取出手機，看到有人寄來一張照片及一則短訊：

「在公車上看到有個老人家要下車，後面衣服被包包拉上去。廖玉蕙老師悄悄地拉平，好體貼的動作，很感動。後來一起在大安站下車，匆匆偷拍下背影，不好意思了。」

天地蒼蒼，別以為神不知、鬼不覺，這世界到處都有眼睛在窺看。可惡的是，坐在身邊的良人對太太的「茂德懿行」一如所料地毫無知覺。而我看了寄來的相片，只慶幸昨晚衣著整齊，還擦了口紅，只可惜有點駝背。

——原載二〇二〇年七月三十一日《人間福報・副刊》

輯三　葉葉如欲吐語

世上沒有誰比誰輕鬆

今年過年期間，兩件事讓我有點想法。

一是觀賞電視上的《一步一腳印》節目，看到幾個小吃店的崛起，家人辛苦備嘗，終於讓粽子或肉羹店大排長龍。因務求品質最好，在爐火邊汗流浹背，夙夜匪懈地拚鬥；也有位英文老師為兒子登山罹難而拋棄教書正職，從此無償致力體制外登山教育。為免後人重蹈覆轍，甚至讓登山人把寫有自家電話的布條綁在山路岔口樹枝上，若迷路，得以飛快求援。他們的自我砥礪與利人舉動所花費的心力都讓人肅然起敬，能跟這些認真的人共同生活在台灣，感覺好榮幸。

那夜，我應邀給報社寫了「評審經驗」的文章，稿子寄出後，忽然深有所感。想到年幼時，對未來的嚮往好單純——只希望不必像父母一樣舉債度日；偶爾能盡興吃一隻完整的雞腿；過年時，能得到一件媽媽裁製的新衣裳穿；長大後，嫁個戴黑框眼鏡的斯文男生，生幾個乖巧的孩子，不要讓他們像我小哥那樣到處闖禍而讓父母擔心，就於願足矣。

萬萬沒料到，人生走著、走著，居然不小心就過上了好日子。踏上大學講堂授課，為國家作育英才；憑著多年的寫作成績，獲邀去評審文章；偶爾還可以在某些重要場合說上話。慶幸寫文章，既舒心又有稿費可以拿；去演講，能暢所欲談還有人送上演講費；審閱文章，看到許多競技的佳作，拓展見識，還有評審費當酬勞；離開職場了，還能坐領退休金，真是超級幸運。人生走到這樣的地步，沒吃過什麼大苦，就一路上來，相較於白天在電視上看到的那些用心、費力，努力造福社會，辛苦服務眾生的有心人，我不禁慚愧了。他們早出晚歸、揮汗奮鬥，而我是不是太得天獨厚了？

幾天後，我和閨蜜在群組裡聊天，Y歡喜提起即將從軍中退伍的韓星朴寶劍，還寄來一則訊息。標題是：「沒有朴寶劍不會做的事」，大致是說韓國軍隊在士兵退伍前，鼓勵士兵取得資格證作為自我開發，以位階兵長服役中的朴寶劍選擇了理髮

師，甚至利用自己的年假，在鎮海海軍教育司令部取得合格考核；最特別的是，他還在部隊內親切地為士兵理髮。

聊天的我們三人都喜歡朴寶劍，他在電影和戲劇中展現的天真笑容與才華融化了許多影迷的心，報導上還常提到他多才多藝，會演戲外，會彈琴、會唱歌，更棒的是，他待人處事的態度真摯熱情，在演藝圈博得零負評。如今，他已是廣受歡迎的知名演員了，在軍中服役，仍舊如此虛心向學，認真修習手藝，為退伍後的演藝事業儲備資本，還樂於為同僚服務。光聽著，就覺得這世界何其美好！原來不只台灣，遠處也有這麼可親可愛的人存在。

於是，我忍不住跟朋友分享先前從電視上看到的那些感動，反省自己平白坐享如今的待遇，真是受之有愧。朋友Y秒回我：

「真是說到我的心坎裡！我也是從無大志，即使上了高中，愛上閱讀寫作，心裡想的，若有一天稿子能登上《聯副》、《人間》之類，就心滿意足了，哪想到有一天會出書，還做了主編。」

於是，童心未泯的我們，像回到童年般，相互砥礪一定要做個有用的人，在對話框裡以朴寶劍盟誓：「以寶劍為誓，必做好人。」然後幼稚地在雲端打勾勾、蓋印章。朋友L慶幸：「我們早就是好人，足堪告慰。」我說：「以寶劍為誓！感覺像桃園三結義。」L哈哈大笑回：「也好像三劍客。我為人人，人人為我。」是的，三結義也好，三劍客也罷，年紀再大，赤子之心尚存的朋友能相互砥礪真是美事一樁。

但其後的幾天，我開始反芻自己的過往，果真都是一路順風嗎？仔細回溯，當時不也有無數的關卡相繼等在前方，披荊斬棘或在難關前搔首踟躕的時刻也是不少。

我一直自認天生勇健，除了失眠及頸椎鈣化的小問題外，並沒有其他的困擾，較諸同年齡層可能常患的三高、骨質疏鬆、白髮叢生、膝關節退化、髖關節置換……病痛纏身，似乎健康很多。但再仔細盤查，我三歲多仍學不會走路，讓父母操心不已；四、五歲時，曾罹患嚴重的蜂窩性組織炎，奄奄一息，一度群醫束手。初、高中時，經常發高燒，全身過敏，紅斑處處，不是請醫生來、就是去西藥房打針，還在大學考場裡因打了一劑過敏針大睡一場，爸媽甚至為了我北上就學該如何就醫擔心不已；上大學時，瘦骨嶙峋，咳嗽聲藕斷絲連，連教授都說：「妳的咳嗽還真鍥而不捨，怎麼感覺餘音繞繚，從大一直到大四，沒完沒了。」原來歷經的災難並不比別人少，只是記憶的揀選讓我忘記了當時的險巇；而罹患失眠和頸椎鈣化竟被我樂觀地簡化成小病痛？

除了自認身體比別人健康的假象外，我還經常跟家人誇耀：「我現在正處於人生的巔峰狀態。」女兒總是取笑我：「妳這話少說已經講了一、二十年，妳的巔峰期未免太長了吧！

真是自我感覺良好。」我辯解：「我從上小學一路到博士學位的取得、教授資格的認定，人生該走的路，都穩妥地走過，較諸同儕不是更加平順？」但夜深人靜，往更久遠的過去追索：國小轉學後受到校園霸凌、精神備受折磨；母親嚴格管教的鞭影幢幢，讓我一逕張皇失措；中學時，永遠受困於分解因式和幾乎讓人難以承受的寂寞，堪稱少女玉蕙的煩惱；大學時，人際困惑及戀愛慘敗，接踵而至，堪稱自棄人棄；副教授升等時面對惡質的技術性杯葛、教授升等時又遭刻意刁難；晚近幾年間，接續痛失母親和四位手足……啊！這一樁樁一件件，哪件不曾為之痛斷肝腸！這一回首，才想起人生途程原來扞格處處，無所不在！幸運的是，我都硬生生挺過來了，甚至還很快淡忘其中的煎熬，記住所有克服困難後的快樂與安慰。

原來這世上沒有誰比誰輕鬆。只是有人樂觀，有人悲觀。有人心懷憤懣，有人凝眸美好。最慶幸的是：我的善忘讓我不執著於困窘，願意接受流轉世界原本就無法手到擒來的鐵律，轉念另謀出路。如今，雖然年高，還能用寫作燃燒的熱情，無畏地跟肖似結義的文友帶著「寶劍」，一起打天下，我深信和痴情且心存善念的人走在一塊，往後的日子還有無限的可能。

——原載二〇二二年五月一日《停泊棧》

有時，不堅持也是一種堅持

「堅持」在我的人生字典裡，排在很後方，占據很有限的空間。一方面是自知意志力薄弱，很多事不容易堅守；一方面也明瞭時代的變化無窮盡，不想陷入無知的「固守」中。尤其在人際的應對上，有些彈性的斟酌空間，我以為是絕對必要的，不必堅持。

以此之故，我腦海中甚少想堅持些什麼，但仔細思考起來，雖然不想堅持，但實踐在行為上的，卻仍然不免有些習焉不察的守則。譬如：我不喜歡婚後和先生分開兩地過日子，就算一星期仍然可以有幾天的團聚。我總是這樣想：如果結了婚卻還各自過活，那倒不如就不要結婚的好；既然結了婚，就打算一輩子「共結連理」，若長期兵分兩路，不就失去了攜手偕行的意義？尤其在現實裡看到不少因聚少離多而仳離的案例，我這也許不叫堅持，而比較接近「未雨綢繆」。

當年，我拿了碩士學位，尋找教職時，定點著陸在和丈夫工作單位中科院接近的中正理工學院，一待十九年。後來，丈夫提早退休，我也跟著毅然決然換到台北近郊的世新大學。從國立學校轉到私校執教，損失十九年年資，我也不改其志。

其後，也有幾度到南部知名國立大學任教的機會，我都放棄了。世新的校長，怕我會因為想延續中斷的國立年資動念轉校，特地擺桌宴請，表達高度挽留的誠意。其實我是一點都不曾將南下列入考慮的，理由是因為當時還沒高鐵，路途遙遠，每星期一定得居住南方幾晝夜，我堅持「和家人廝守」是天下第一等重要的事。但因為有其他學校表達強力挖角意願，風聲傳到校長耳裡，我因此白吃了一頓昂貴的挽留餐。

結婚至今四十三年間，我和外子幾乎很少兩地相隔。但婚姻是兩造的事，有些事也的確由不得我個人作主，我們唯一的分隔是婚後的第三年，外子得了赴美進修的機會，因為他任軍職，根據當時的法律，我和孩子只能像人質般留守台灣。當年出國時，兒子一歲半，女兒猶在腹中；一年後回來度假，女兒十個月，兒子兩歲半。

這期間，我由大腹便便變成一打二的局面，如果不是娘家爸媽、姊妹、兄嫂鼎力協助，我個人簡直手忙腳亂，幾乎無法負荷，日子過得很艱辛。尤其正成長中的兒子，活潑好動又極敏感多情，常常為了父親不在場而神傷。

那時，我白天教書，兒子就交由三姊幫忙照料。一回，我去接回他時，稍作停留，和兒子、兒子的表姊、表哥及鄰居孩童一起閱讀一本叫《父親》的繪本。繪本畫出了尋常父親的動向：白天著筆挺西裝出門上班，傍晚提著公事包進家門。和家人共進晚餐；飯後和家人環繞看電視、聊天或單獨看報紙；接著，在床邊跟兒女說故事；然後，拉好孩子的被子，親親他們，出門前熄燈、關門。閱讀結束，表姊建議一起玩扮演遊戲。表姊說：「弟弟，我們來玩遊戲，你當爸爸好嗎？」兒子回：「好，我當全茂爸爸（外子）。」小表姊說：「不要！你當阿平爸拔（我姊夫），你爸爸又不跟你們住一起。」兒子喃喃複述：「我爸拔不跟我們住一起……」他神色黯然許久，然後跑過來，抱著我說：「沒有關係，我媽媽跟我住一起，我只要我媽媽愛我就好了。」他倔強地強忍眼淚，我的眼眶卻不由得紅了，藉口時間已晚，拉著兒子倉皇辭出。

回到家，我問他：「你知道爸爸為什麼不跟我們住一起嗎？」他噘著嘴很悲傷地說：「我知道，因為我的爸拔最壞，他不喜歡跟我們住一起。寧哥哥（他的表哥）的爸拔都跟他們住一起；連尚華哥哥（住鄰居的哥哥）的爸拔也每天開車回來跟他們住一起。我只有媽媽，我好可憐！」我含著眼淚跟他再三解釋：「爸拔不是不喜歡跟我們住一起，他是去美國讀書，以後才能賺錢買巧克力給你吃。」他褪去了在姊姊面前的逞強，哭得一臉眼淚、鼻涕，顯然還滿腦子困惑，回我：「那妳寫信叫他回來好了，我不吃巧克力就是了。」我嚇了好大一跳，顯然爸拔不在場在他的心裡埋下了陰影，連最愛的巧克力都寧可割捨了。我們太低估了孩子的敏感度，錯以為兩歲的孩子沒啥心眼，只有大人才會感受相思之苦。當年還是魚雁往返的年代，沒有視訊，我和外子以密集的書信聯繫，我在信裡提了這事。後來才知，我不該把這件事告訴他的，這陰影後來轉而成了外子縈繞不去的心事。

一年後，外子回國度暑假。出現在候機大廳的走道，我慫恿兩歲半的兒子跑向他爸爸；沒料到兩人竟在走道上錯身而過，相見不相識！後來外子笑談照片之不可靠，說：「照片裡的兒子看起來很大，從旁經過的孩子太小了，完全沒料到。」他倆是靠寄來寄去的照片延續彼此的印象的。

原本只是回來度假的外子，最終決定放棄進修，留在台灣，理由說來好辛酸。搭計程車由機場返家途中，久違的外子，開心地抱起兒子坐他腿上。車子開不了幾分鐘，兒子欲言又止，終於朝我尷尬地哀求：「我可不可以不要坐在這個人的身

上？」讓人啼笑皆非的「這個人」三個字，讓外子如遭電擊。

日子一天天過去，終究是血脈相連，父子倆終於慢慢混熟了。外子預定返美前的一個星期左右，一家人都為即將的離別焦慮不已。外子和兒子相對趴在地毯上玩彈珠時，兒子忽然憂傷地問他爸爸說：「爸拔可以不要再去美國嗎？」爸拔無奈說：「爸拔還得去念書啊！」兒子天真地建議他：「如果要念書，要不要跟寧哥哥一起去新街國小念就好了？」表哥嘉寧當年正在新街國小念一年級。

就在那刻，外子毅然決定就留下來，不走了。多年後，外子告訴我：「趴在地毯上的我，忽然腦袋『轟』的一聲巨響，你信中描述閱讀繪本《父親》的後續發展畫面就這樣躍上腦海。這才發現孩子哭著決定放棄最愛的巧克力以換取父親歸來的眼淚一直在心中糾結不去，我開始認真思考到底用犧牲家人團聚來換取PhD的意義何在？」

事情就是這樣了，外子放棄繼續求取更高的學位，沒有堅持；我雖在意念上重視家庭的相守意義，其實也沒有堅持去阻攔良人的遠走高飛，最終是孩子「寧願放棄巧克力」的眼淚決定了一切。

過度的堅持叫「頑固」；無意義的堅持叫「迂闊」；不辨是非的堅持叫「盲目」；正面的解說，在行為上堅持叫「有恆」，在正確觀念上執守叫「擇善固執」。「堅持」兩字本身無是非，端賴堅持事件的意義來定義。有時，不堅持也是一種堅持。

——原載二〇二〇年七月二十三日《停泊棧》

我們的「出走」日記

疫情突然又嚴峻起來，見到染疫數字逐漸攀升，心中不免忐忑。但日子得繼續過下去，既然是全球性的肆虐，躲也躲不過，乾脆就直面相對，不驚不擾，安心防疫。

心先安了，腦子才能正常啟動。外頭亂糟糟，非必要，不出門趴趴走是首要。但缺少呼吸新鮮空氣又無社交生活，身體和心理勢必雙雙受到影響；所以，我和家人逐漸發展出一套身、心、靈兼顧的健身模式。

原本在晚間倒完垃圾後，和外子相偕下樓散步的習慣，拉上了女兒，變成三人行，並調高散步時間與公里數。散步若只志在健身，一味艱苦卓絕、失了趣味，必然難以持久。一回，外子在散步過程中，說了個從電視上看來的電影，我們聽得興味盎然，竟然感覺時間過得飛快，全然不覺單調、無聊或不耐煩。適巧那日從雜誌上瞥到一則專業報導，說是散步健身，若能邊走邊聊，對體能的增進最具功效。於是，從那之後，三人便達成共識：利用這段難得的共處時光，輪流講述閱讀、創作、追劇、工作及對生活瑣事觀察的心得。可以從眼前的事物往後回顧，也可以向前瞻望。

付諸行動後的這些日子，腦力激盪的結果，從天南到地北，從三皇五帝到未來的元宇宙，分享的內容堪稱廣闊無邊。月有陰晴圓缺，散步聊天時若有月光陪伴最為浪漫，若是得撐傘前行，也不失風雅，走著、說著，這個每日約莫一個鐘頭的出走時間，竟逐漸成為我們最珍惜、也最盼望的家聚時刻。

一回，在電視上看了一齣動人的電影——是枝裕和的《我的意外爸爸》，便在當日散步時討論起來。故事描述一位六歲孩童，因為要上小學，驗血時赫然發現血型不符，因而揭開了一樁驚人的祕密。經檢警介入調查，發現是醫院的一名護士因為家庭困擾引發的情緒障礙，一時嫉妒纏身，竟刻意將兩個同時在同一醫院出生的嬰兒掉包以宣洩。猶如晴天霹靂，原本和樂的雙方父母錯愕失措。經協商後，決定根據血緣，漸進式讓孩子各自回歸原生家庭。

兩個父親有著迥異的人格特質，一位社經地位高，嚴肅、高紀律，從早到晚忙碌投入工作，對孩子要求嚴格、期望甚深；另一位是低收入的小店老闆，溫暖、有趣、跟孩子打成一

片，樂於將時間用來陪伴家人。被悉心撫養六年的稚齡兒子和被兒子從小依賴的父母，各有難以克服的關卡，張皇失措，全都面臨心理適應問題。

為溯源探究，還穿插嚴肅爸爸的原生家庭困擾和難為繼母的護士由恨轉愛的生涯轉折。四個迥異的家庭相互環繞糾纏，難分也難捨。有果必有因，性格之形成，除了遺傳外，更多的是教養環境和方式，由故事的動人鋪陳中，觀眾含淚領會到血固然濃於水，但愛又更濃於血的事實，血緣終究不敵相互依存的時間與情感。

我們三人各述觀影心得，發現每人著眼處各自不同。透過討論，我們看到更多。我欣喜發現女兒在《張老師》雜誌社擔任編輯後，涉獵漸廣，從工作中累積的心理學知識果然豐盈許多；外子的男性觀點則補足了我們的女性視角；而我長期寫作思考及教書、寫論文的條理也對釐清電影的細節稍有貢獻。一個小時內，我們彼此交換心得，整理導演對劇情的深刻描繪；分析兒童心理的變化；歸納電影裡兩個家庭教養策略的相互濡染，甚至電影美學，最後，都一致公認經過討論，收穫更豐。

在那之前，我們同時也正觀看一齣優質的十六集韓劇《我的出走日記》。故事描述一個有三位成年孩子的家庭，父親刻苦耐勞卻惜話如金，除了分派工作，一逕沉默。三個兒女正值花樣年華，職場、情場的種種失落都得暗自吞忍；家庭猶如牢籠，吃飯、穿衣、睡覺，像一抹影子般地活著。兒子辭職，怕父母詬責，不敢告知，仍出門佯裝上班。事跡敗露後，父親眼神如冰，家庭氣氛緊張，兒子委屈，眼中含淚，激動辯解：他在外認真工作，不負所生，贏得好教養之名，僅因職場駁雜人際實在難忍，稍作歇息，以為父母會說：「你辛苦了，好好休息一下吧！」誰知……。劇中的對白寫實深刻，讓人不禁跟著涕下；而小女兒獨自吞噬著愛人遠走的苦痛，對家人密藏心事，卻在寬闊田地上，鄰人面前謊稱狗兒走失，痛哭失聲。這種種經歷，似乎正體現出前述《我的意外爸爸》裡那位一心求好卻缺乏同理心的嚴肅父親，若非後來受到薰陶，改弦易轍，未來可能就會引來類似的反撲。優秀的電影、電視劇或文學，果然能提供足資我們回顧、反省或改善生活的參考。

在這之前，外子夜以繼日，從事一項摘要工作，埋首桌燈下，將二十餘歲就業後的日誌及婚後的幾十本生活札記拿出來整理，濃縮摘要。散步時，他就將過往的重要紀錄、趣事跟我們分享。前塵往事遂源源迎面而來，他常驚訝地說：

「很多事都忘記了！原來我出國留學時，三姊跟姊夫曾經來幫我們整理屋子。」

「女兒七歲時居然曾經埋怨：『你們都不愛我，等於白白被生下來。你們都比較喜歡哥哥，跟他講話都比較溫柔……』」

「父親病危時，我竟然從出發去試射飛彈的車陣中被三度Call回家。」

「妳撰寫博士論文時，幾次在凌晨時分把我搖醒，嚷嚷著要放棄。」
「媽媽過世前的除夕，還在我們家喝下人生最後的一口咖啡。」
「那次帶著病中的二姊去高雄旅行時，二姊從愛河走回旅館的途中，仰頭看著天上的月亮說：『多麼希望這樣美好的日子能一直持續下去。』」

一天又一天的，我們母女倆聆聽了未曾參與的外子的過去，也回味著和他共處後的諸多緣會，履踐著是枝裕和「和家人分享」的互動理念，也用「出走」的方式排遣疫中的生活，但慶幸走出和《我的出走日記》不同的步伐。思念的眼淚洗滌了我們的憂傷，溫暖的過往蓄積了對應未來的力量。看似只有三人成行，其實不止。逝去的親人紛紛回來了，跟我們在月光下、在風雨中一起出走。

——原載二〇二二年六月一日《停泊棧》

葉葉如欲吐語

九十八歲的姊夫堅持獨居中壢。他的兒子和女兒因為工作，分居舊金山和台中。老人家不習慣離開老宅，晚輩不得已，只好設法裝設監視器，從各個角度監看，以便萬一跌倒或其他什麼意外發生，可以及時奔赴救援或請人幫忙。我們都覺得是不得已中的上策，兼顧雙方的處境。

散步聊天時，我說：「我們也在老家裝一個吧！」外子說：「要裝幾個鏡頭呢？裝在哪些地方較合適？」女兒說：「多裝幾個吧，從各個角落監看。」我說；「裝一個就好，只要能夠看到芒果就行。我想知道芒果長大的進度，以便決定何時可以裝袋，何時可以採收。」外子說：「妳有沒有搞錯，裝監視器來監看芒果？」

我說：「當然，今年芒果看起來應該會豐收，我們就以監看芒果為主！鏡頭對準芒果樹就行了。」外子說：「怎麼妳的想法總是那麼稀奇古怪的。」女兒笑著說：「爸！你別認真，媽媽是跟你開玩笑的。」我停住腳步，問女兒：「妳怎麼會這樣認為？我當然是認真的。」女兒睜大眼睛回：「妳真的是為監看芒果才想裝監視器，不是為防小偷？」「當然是認真的。前年老家芒果盛產，結果不但沒有看到它們由綠轉紅；還因此錯過採收。回去時，看到一地腐爛的果子，好心疼。何況，老家也沒放什麼重要的東西，幹嘛特地為無聊的小偷裝監視器！萬一看到小偷翻牆，我們又能怎樣？」

「為區區幾顆芒果裝監視器，妳覺得這划得來嗎？妳能吃多少？妳要吃，買幾個才多少錢！妳瘋了。」外子不以為然。男人真奇怪，種植芒果難道只有「吃」才是唯一目的嗎？就像養育孩子難道只指望他們能賺錢嗎？不就是為了享受養育、陪伴的快樂？看他們長高、長大，保護他們不受傷、能安全度過難關，變得俊俏美麗，分享所有的成長過程嗎？

家人群起反對激發了我的行動力，沒多久，我情商兒子專程回中部老家。兒子在梯上爬高爬低偵測適當方位，終於讓機器就位並裝置完畢，洋洋得意回頭。定睛一看，他爸爸為芒果都套上了白衣，果實被矇頭矇眼的，全見不著了，真是讓人啼笑皆非。

有人在臉書上看到，為芒果抱不平，問：「到底芒果做了什麼事，需要這樣被監視？」我回她：「我們不定期回老家，常為錯失芒果的成熟而飲恨。裝監視器，可免錯失之憾。芒果完全沒有做錯事，我們只是捨不得讓它寂寞自生自滅，無人聞問。」

還有朋友好奇來問：「知道是貴府的娛樂。但不免猜測您透過監視器看芒果樹會看到什麼呢？」我浪漫回她：「我應該可以看到它的葉子被風吹動的樣子；芒果在高架上跟一旁的蒜香藤打情罵俏的樣子；也順便聽聽高枝上的鳥叫，低矮處的蟲鳴；最重要是芒果一眠大一寸，就像看小孫女長大一樣。」

回台北後，我興味盎然，每日勤於跟芒果請安。不時打開手機，讓畫面前後、左右掃描。發現監視器不時出現警告「00:00偵測到移動」，有時是汽車經過門前；有時是貓兒入侵巡行或黑冠麻鷺飛降院中覓食；有時則是小鳥埋首花朵中吸食花粉。有風聲、雨聲、鳥聲、車聲、外頭行人對話聲，堪稱聲聲入耳。葉紹袁《甲行日注》一書中曾形容：「與子夏坐石上，看紅葉赬霞千片，錯繞青翠間，斜陽半掛，四無人聲。涼風微動，葉葉如欲吐語。」我在台北書房中遙望、耳聽遠方的芒果樹葉被風輕輕拂動，真的感覺「葉葉如欲吐語」。當文字在現實中得到靈動的共鳴，才知葉氏文筆功力，難怪周作人要在自編的《夜讀抄》裡大讚《甲行日注》的文字鍛鍊功夫。

兩個孫女從監視器的鏡頭中看不到袋內兀自悄悄長大的芒果，既好奇又期待。二十多天後，跟著我們回台中一探究竟。

於是，從搭車始，我改為觀看兩個小孫女。為了搶坐靠窗位置，她們開始做算術題。由車票顯示的啟程到抵達時間起算，低頭加減乘除一番，自行均衡分配調解：「每人靠窗坐二十五分鐘，妹妹先。」用手上的電子錶提醒，二十五分鐘一到，換座位。阿公阿嬤一旁觀看，驚訝又好笑。

回台中老家，又搶著要跟姑姑一起睡；再度展開協商。這次，換姊姊先，妹妹在樓下陪阿公、阿嬤睡，次日交換，很公平。

沒料到，次晚，可能樓下較潮濕，塵蟎多，換到樓下睡的姊姊過敏發作，極不舒服。阿嬤提議姊姊上樓跟妹妹商量。姊姊渾身不舒服，卻不好意思地說：「妹妹一定不肯，我跟她常吵架。」阿嬤看著不忍，自告奮勇去關說。妹妹一聽姊姊不適，二話不說，即刻下樓；姊姊原本以為妹妹不會放棄權益的，慚愧低聲道謝。

早上起床，眾口交讚妹妹愛姊姊，令人感動。妹妹倔強說：「我才不是因為愛姊姊，我是怕姊姊不舒服，吵得阿公阿嬤睡不好，尤其阿嬤半夜還常腰疼。我沒有想到愛姊姊，她常跟我生氣。」阿嬤聽了，差點落淚。說：「這樣就更讓人感動了。……其實，我知道妹妹也是愛姊姊的，妹妹勇敢承認沒關係，因為姊姊也愛妳啊。」姊妹倆默不作聲，只低下頭，看來都是充滿自省的誠實小孩，不以諂笑柔色應酬。

摘下的百來個猶然青綠卻肥碩的芒果，無辜地列隊躺餐桌上。阿嬤開啟中央廚房模式，號召合作醃製「芒果青」。阿公、姑姑負責削皮；阿嬤切片，海蒂將大片再切成條狀；諾諾像宅配小妹，穿梭流理檯及餐桌間，將削皮的

芒果運送給站餐桌前切片的阿嬤，再將阿嬤切好的挪給旁邊的海蒂善後。

海蒂覺得阿嬤太辛苦，抽空也幫阿嬤切大片，細部切不下的，再讓阿嬤加工。三個大人加兩個小童工，忙得不亦樂乎。芒果實在不少，眼看時間有限，怕預購車票的北上高鐵跑了。接續的鹽醃、濾水、吹乾、分類、包裝跟做飯、吃飯，收拾房間，小朋友都沒閒著，不時小跑步地機警配合，總算圓滿達成任務，時間扣得天衣無縫。

姊姊的手指因為持刀切太多芒果而起了小水泡；妹妹在回程的高鐵上揉著過度奔走而痠痛的腳，但兩人一句怨言也沒有。阿嬤稱讚姊妹倆：「妳們真是太棒了，阿嬤覺得很驕傲，很多人的孫女都不一定這麼乖的。妳們覺得自己是不是很棒？」妹妹很誠實地說：「我沒有注意到別人的孫女是怎樣的，所以，不知道我們這樣算不算很棒。」好實際的回答。

觀看一株芒果樹的成長，賞鑑自然的奧妙，即使只是風吹葉搖，都是風姿妖嬈；觀看兩個小孩的一舉一動，見識到公平、自省與體貼德行的實踐，大人好欣慰。

只要仔細觀看，就能看出天地間葉葉如欲吐語。

——原載二〇二二年八月一日《停泊棧》

一張重現的桌巾

買了個大坪數用的冷氣機，本想透過一道門，讓客廳和書房共用以節能省電；豈知受限於裝設方位，冷氣無法直送，只能彎曲迤邐進入一牆之隔的書房，導致冷氣一開，在客廳的人冷颼颼，坐書房內的卻汗涔涔。

每天對著一堵牆嘆氣，想在牆面上鑽個大洞或乾脆整面牆打掉，以利流通，卻延挨著。一來是聽說疫情期間，工人難找，施工不易，常常曠日廢時；二來也是想到多年前屋子重新裝潢的一、兩個月間，被噪音和煙塵、泥濘所困，簡直痛不欲生，現在回想起來還心有餘悸。

一日對坐，外子靈機一動，說：「如果不要大費周章打牆，就將書房內適合工作的那張大桌和客廳的矮茶几交換位置，模糊掉休閒和工作的區隔。天熱時，就一起待在客廳工作，一起享受冷氣，如何？」這真是神來之「想」！當不再目光灼灼聚焦於一道牆後，事情忽然變得簡單。將160X100cm工作桌搬出時，換我靈機一動，建議119X79cm小桌几就留在原地，把它藏進下方空蕩蕩的大桌內；偶爾人多時，還可以將它拉出來給小朋友使用。

事情意外地順利，感覺好圓滿。大桌就罩在小桌上方，兩個桌面間的空間，必要時，還能置放筆記型電腦、待審的稿子，或正在看的新書。我們一家三口簡單，工作與娛樂時間容易協調一致。想圍坐一起看書、幹活兒或聊天、追劇時，三人無論方位，各挑個位置坐下就行；如果三人同在，卻需求不同，必須工作的就朝外頭坐下，戴上耳機，思考時，有窗外藍天白雲相伴，好不愜意！想消閒的，就朝內對著電視機的方向，只要調小音量，也輕鬆自在、不致干擾別人。雙方各得其所，既皆大歡喜，冷氣也得以均霑。

桌子各就各位後，我站在玄關往客廳看去，不知怎的，心底驀然升起強烈的幸福感；原來家具經過巧思重組後，整個空間變得利索寬敞，煥然一新，竟然在疫情肆虐期間勾引出勃勃生機與滿滿期待。

這張白色的辦公桌，是姪媳婦收起進口文具生意時送給我們的，保養得宜，寬闊的桌面潔白無瑕。我跟外子說：「要不要找看看家裡有什麼閒置的桌巾可以利用，罩上一張漂亮的桌巾，既可以保護桌面乾淨、不受損，也能增加浪漫氣息。」我一向喜歡閒逛家飾店，出國或在國內逛街，總是在家飾店流連，因此囤積了很多桌巾，就希望能找到一張大小合宜，花色賞心悅目的來搭配。

外子開始翻箱倒櫃，找到好幾條。我們倆就一條一條抖出來試著罩罩看。有的太小，有的顏色不搭，來來回回的，有一條淺紫花樣的，看起來素雅，可是定睛一看，有些地方沾了點污漬，只好忍痛擱一邊。最後，一條嶄新的鵝黃桌巾雀屏中選，鋪上桌面後，新鮮的鵝黃色讓整個客廳陡然精神奕奕。

那日晚間，母親忽然來入夢。我在夢裡跟她在京都的街頭並肩緩步穿行，偶爾進到小舖子內看燭台、桌布、圍巾等小物。夢醒，我愣坐床沿發呆，不知怎地，忽然想起昨日那張被擱置一旁的淺紫桌巾。是日有所思，夜有所夢嗎？難不成母親迢迢來入夢，是刻意前來提醒我前塵往事的嗎？我下床赤足奔到前廳，發現那條桌巾仍舊蜷曲在沙發的一角。我掀掉昨日那張鵝黃的，展鋪這條車了白蕾絲邊的紫巾，

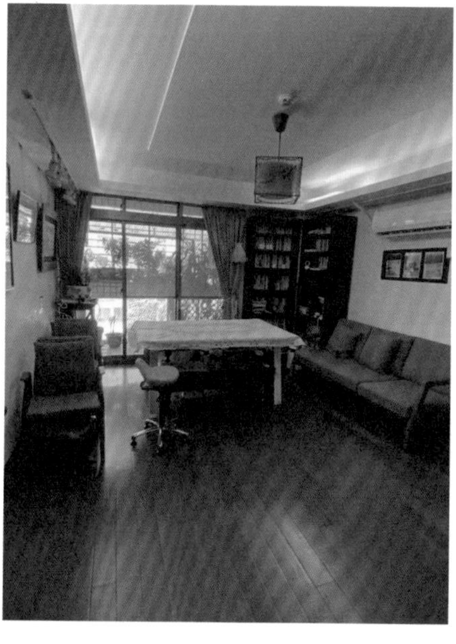

雙眼驀然迷濛起來。啊！果然是當年被藏進抽屜底層的那張「惹事生非」的桌巾，沒料到已然塵封了三十餘年了，昨日匆促一瞥，差點錯過。

　　這條桌巾的故事雖然歷時已遠，卻仍記憶鮮明。有段時間，我經常在演講中提起，總惹得聽眾淚眼迷離，而我自己也經常講著、講著，哽咽失聲。故事是這樣的：三十多年前，我曾不小心買了張昂貴的印花桌巾；正懊惱間，母親北上時還屢屢火上加油，說：「這敢就是彼條貴參參（昂貴）的桌巾？恁台北人是按怎！搶人喔！」為了化解尷尬，我百般設法找出桌巾的好處加以掩飾。先說它曾做過防靜電處理，「防靜電有啥物路用？」我瞠目結舌，不知桌巾何以需要防靜電；只好強調水珠滴在上頭不會散開滲透。「阮隔壁美鳳嬸仔厝內嘛有一條塑膠的，才兩百箍，水嘛袂湠開（散開滲透）。」我做垂死的掙扎，強辯：「妳看桌巾鋪落去，敢毋是加較媠（美）？」「我看嘛普普仔爾，也無比美鳳嬸仔彼條兩百箍的較媠。」母親步步進逼，我節節敗退。幾個月後，我惱羞成怒說：「我物件（東西）買貴就有夠悽慘矣，妳猶閣逐擺（每次）來、逐擺講，到底是欲叫我按怎啦！買都買矣，妳就莫閣按呢踅踅念（碎念）啦！」話聲甫落，我被自己前所未有的給天借膽言論所驚嚇；而一向好強的母親被我這麼一頂嘴，忽然神色黯然地放下碗筷，默然許久，才囁嚅回說：「毋是啦！我最近雙手定定（常常）咇咇掣（發抖），啉（喝）咖啡抑是食點心的時陣，驚無小心落落去，去滴著恁遮爾仔貴的桌巾就害矣！」

我永遠記得當時母親說這話時窘迫的臉和我聽到後的情緒潰堤。一向好強的母親，不慣示弱，她不直說可能弄髒昂貴桌巾的憂懼，反而用強悍的批評來譏嘲。我相信如果不是被我逼到死角，她是絕對不會示弱地道出真相的。而我到底是有多粗心才沒聽出母親言語中隱藏的弦外焦慮；不！應該說我到底有多不孝才沒看出母親逐漸老邁的顫抖！

從那之後，只要母親北上，我便撤掉這張桌巾，讓她不必再膽戰心驚，而能安心自在地閒聊、吃、喝。接著，我們搬遷到台北，桌巾就在不經意間被收進抽屜的底層，這一待就是三十多年，如今才重見天日。

鋪上桌巾的次日，兩個分別上小學中、低年級的小孫女來訪。看到經過整頓的客廳，眼睛晶亮，感覺事事新鮮。我忍不住跟她們說起阿太的故事和桌巾的原委，她們聽得津津有味，還提問了幾個小細節。之後，兩姊妹立即蜷曲藏身桌巾覆蓋下的小桌上玩得格格笑，姊姊說兩桌間的高低差空間，平時可以在桌巾屏蔽下成為搬演布袋戲的劇場；妹妹補充萬一地震，也能直接晉升為避震的祕密基地。她們甚至機伶地合力拉出下方的小方桌，未雨綢繆說：「今年如果在台北過年，我們請外婆跟舅舅一起來，就不用擔心廚房內的餐桌太小，可以分成大人跟小孩兩桌。姑姑跟舅舅都還沒結婚，就坐小孩這桌。」姑姑聽了啼笑皆非，我則笑出了淚。

說實在的，跟這張桌巾久別重逢讓我非常激動。雖然巾上沾染了些漬痕，經過歲月的薰染，顏色也不再如往日般光鮮亮麗；但這些日子來，有它伴著我看書、寫稿、評審稿件或準備演講的ＰＰＴ，效率陡增；而看著小孫女興致盎然地聽著阿太的故事，並在故事中提到的桌巾下，興致勃勃遊戲，也油然感受傳承的親切有趣。母親業已仙逝十五年餘，但因為一張重現的桌巾，她音容宛在。

——原載二〇二二年九月二十一日《自由時報．副刊》

學會看見美麗

外子從東門市場買到一袋難得一見的白蓮霧，不禁勾引出我的一樁陳年舊事。

因為三歲還不會走路，我經常靜坐三合院大廳門檻上，眼巴巴看著其他小朋友在稻埕中靈活地奔跑打鬧。有任何需求，得大費周章尋求援助，仰賴大人抱過來、移過去的。母親暮年時，我陪她參加族親喪禮，還有人來跟母親致意，知道旁邊的我是母親的女兒，還問：「這就是定定恬恬坐佇妳的裁縫車面頂彼个袂曉行路的查某囝仔？（這位就是經常靜靜坐在妳的裁縫車上面那個不會走路的女兒嗎？）」

大人當然很快就懷疑我這種不尋常的生理遲鈍恐是某種病變。據母親說，自我兩歲以後，她為此事著慌，曾背著我四處尋醫，卻都找不到病癥所在，無功而返。當全家人都認定我可能得終身依靠輪椅度日時，我卻在近四歲的某個黃昏，從小椅子上顫巍巍起身，兀自走了起來。

當時大家族分居三合院的各角落，稻埕外，有個大池塘，塘邊圍種了些樹木。其中最引人注目的就是幾乎是以五十五度角低垂著的一棵大大的白蓮霧。大家族分產後，所有屋宇、家具都各有所司，唯獨環繞池塘周邊的那幾株大樹沒有參與分家，蓮霧樹也因此屬於公共財。落到塘裡，誰見了想吃，就拿一旁掛著鉤子的長竿勾到塘邊取用。

我四歲多剛學會走路沒多久的一個早晨，父母外出，家裡的兄姊上班的上班，上學的上學，只剩了我和小我一歲的妹妹。雖然是妹妹，卻比我這個做姊姊更早學會走路且身手俐落。那日，妹妹帶著我一起去池塘邊，學大人從塘邊取竹竿吃力勾取白蓮霧。我專心勾啊勾的，一抬頭，不見了妹妹，以為她先回家去了，便兀自擲竿，捧著幾顆果子顫巍巍走回家。

妹妹原來不小心落入池中溺斃了！直到大人中午回家驚見浮起的屍身才知道。我留下的最早的童年印象就是這宗命案。白蓮霧事件成了家中永遠的痛，「我不殺伯仁，伯仁卻因我而死」。母親每回談起，結論一逕是：「阿燕仔比阿蕙較得人疼，伊較會曉司奶（撒嬌），也比較較婧（美）。」接著總是開始敘述妹妹有多討人疼愛。譬如：妹妹經常笑容滿面，嘴巴最甜，見了人總是會開口問候。黃昏，幹完活兒的堂哥們陸續騎車回家，牽著車子進三合院圍牆內的稻埕時，妹妹怎樣歡快飛撲過去，堂哥們怎樣招妹妹跨上腳踏車；如何載著她在稻埕上繞圈圈；妹妹又怎樣一再格格歡笑。媽媽在敘述時，眼裡滿是憐惜。

講到這兒，回頭看到我，總是嘆口氣說：「妳準若有伊一半的巧（聰明）就好矣！妳喔，憨慢行路（走路笨拙），閣愛哭，干焦（只是）定定哭欲去便所，騙大人去抱妳。」小小年紀的我，雖略略感覺被誣指成嫉妒，卻只能懷罪俛首。稍稍長大後，再聽，甚至錯覺大人似乎寧可死去的是我，心裡非常悲傷；而被歸類為笨拙、不討喜的對照組劣等生，嚴重打擊我的自信，表現再認真、再好，心底都蒙著一層揮之不去的灰，直到大學都一逕自卑到底。

當時的農村是這樣的：小朋友自己乖乖在家，大人出去工作。所以嶮巇處處，游水溺斃、燙傷死亡、玩火自焚……年幼的夭折率高。每家都有不得已的生活窘境，大人難以提防，宛若「物競天擇」的實境秀。母親也許純粹只是憐惜不幸落水的小女兒，並沒有責怪我的意思；但將兩人並列比較，敏感的孩子難免自行腦補出父母偏心的自憐。

很難敘說長久以來的困阨，那種類似八點檔鄉土連續劇裡的自我罪責：「都是我的錯。」「為什麼死的不是我？」的念頭如影隨形，只要被母親打罵了，第一個躍上腦海的必然就是這些近乎病態的自責；偏偏母親每天鞭不離手，讓我吃盡苦頭。但母親也有難處，她十五歲結婚，十六歲成為母親，青春期尚未開展，已成為人母，還一頭栽入柴米油鹽的忙碌中，怎能期待她擁有良好的教養觀念？

去年，有機會聽到一場有關知名心理學家阿爾弗雷德•阿德勒的演講，赫然發現阿德勒跟我有極為神似的童年際遇。他跟我一樣，到四、五歲才學會走路，我們都罹患了所謂的「佝僂症」。我四歲多時，妹妹去世，阿德勒也在類似的年齡失去了他的弟弟；阿德勒五歲曾經罹患肺炎，差點過世；我也約莫在五歲時險些命喪黃泉，但我罹患的是頭部的嚴重蜂窩性組織炎，當年稱作蜂巢症。這樣雷同的幼年記憶，真讓我驚詫極了！

我不知道阿德勒後來經歷了怎樣的調教，成為醫師及心理治療師，也是個體心理學學派的創始人，舉世聞名，與佛洛伊德、榮格齊名，並稱二十世紀精神分析學派的三巨頭。他畢生著作無數，研究出來的心理學理論影響著全世界。

他大我整整八十歲，他過世的一九三七年，我尚未出生。他主張：「決定我們生活型態的『人生風格』（the style of life）在四、五歲就由『人生原型』決定。」我和阿德勒的人生原型雖然如此相近，卻走出了非常不同的路徑。他條陳人類的心理，理性歸納分析，成為可資人們遵循的諮商理論；我不同，自小及大，帶著一腦袋的疑問，在文學教育及文學創作的浩海裡載浮載沉，書教了大半輩子、也撰寫了六十餘本文學書，內容若非藉著書寫止痛療傷，就是在感性叩問人生的狐疑。

前些日子，一位雙修中文與心理的學生在我的《接住受苦的靈魂：親愛的，我知道你的痛！》新書分享會的Q&A中，突然起身問我：「老師的母親，缺乏耐性，您常遭責罰；但從您的文章中看出，不管寫文章、教書、演講或教養子女，卻都滿能秉持阿德勒心理學所揭示的原則，您是如何習得這些心理諮商技巧的？您修習過相關的課程嗎？」我當時愣了一下，回說：「哇！你真是這麼覺得嗎？我好榮幸。其實我是直到去年才知道有阿德勒其人，之前從沒有接觸過相關心理學書籍或課程。就只是很自然去做而已，如果恰好符合阿德勒的理論，只能說是誤打誤撞的不謀而合吧。」

從那之後，我開始反躬自省、追本溯源，是怎樣的人生際遇造就了如今的我？真的是「誤打誤撞的不謀而合」嗎？小時候，因為跟母親默契不足挨打時，

我告訴自己：「我以後如果當媽媽一定不要隨便打小孩。」少年時，看到同學被老師誤會而被懲處時，我砥礪自己：「以後若是當老師，一定要讓學生有解釋的機會。」少女時期，閱讀瓊瑤小說，發現所有的浪漫愛情都奠基在虛幻的海市蜃樓，我警告自己：「務實地挑選對象，才不致讓婚姻淪於悲劇。」而開始寫作後，我用筆整理、分析、歸納人生並思考將來的各項可能。因為寫作而連帶出來的演講其實讓我獲益最多，在演講過後的Q＆A時間，有機會聽到不同觀眾帶來的各樣困惑，我總在回程的路上反思並再三修正自己回覆聽眾問題時的不足之處。我因此想到，理論其實就是從現實生活中擷取材料，再經統整、歸納後的成果。生活原本就先於理論，不謀而合看似偶然，如果你眼觀四方、耳聽八方，凡事問，多思考，不謀而合就成為必然。

阿德勒書裡曾說，個體會根據他自己獨特的生命風格來選擇提取不同的記憶片段並賦予意義。所以，也許我是藉著寫作、演講不斷反芻、實踐，學會逐漸釋放悲傷，學會看見美麗，並且如他所說：「認同、接受自己的不完美；認同、寬待對方的不完美。」

——原載二〇二二年九月二十七日《人間福報・副刊》

按照平時的節奏緩步慢行

我有一子一女，他們在上學階段，我常笑稱：「要說課子讀書部分，我是世界上最幸運的母親。兒子讀書不用操心，女兒反正操心了也沒用。」女兒從小病弱，深度弱視，偶發氣喘，因此，我們對她的功課要求寬鬆，只求她身體健康，精神愉快。

體制內的功課雖不甚拿手，但女兒天生樂觀溫暖，台灣教育內容之外的情意領會或釋出，她比任何人都強。小時候，她的外公、外婆猶在時，她是他們倆永遠的開心果；長大後，在家族活動中是最得力的策畫兼執行者，雖偶有凸槌，卻永遠笑臉迎人；阿姨、舅舅和其他親朋長輩有所請託，她從不埋怨、不推託，用心幫忙，周到溫柔，我真的以有這樣的女兒為榮；而兒時的課業劣勢在高中畢業出國轉換教育環境後，竟然得到救贖，讓她重拾信心，也是始料未及。

平日，我的演講、評審、寫作邀約不斷，家人提供的溫暖，堪稱最迅疾也最直接，所以，她一直兼任我的No pay助理。上班之餘，幫我打點聯絡，更新設備：大熱天，一下子到八德路增補電腦耗材；一下子在雲端添購儲存容量或下載軟體；一會兒騎摩托車送修電腦；一會兒又搔首撓耳，設法幫我解決燃眉之急。甚至殫思竭慮，為我開發實用表格、研發先進方法，精進演講、寫作或評審時的方便並減少許多障礙。譬如：二十年前就教會我使用追蹤修訂方式修改學生作文；我的演講ＰＰＴ檔使用的專有字體，常在不同場合演講中變成可笑的字形，她很快就找到儲存時「在檔案中嵌字型」的方法，輕易解決我的困擾。因為她，我成為學生眼中的前衛教授，緊追流行。

前些年，我嘗試將台語散文錄影，在臉書上ＰＯ出，她自告奮勇在影片中添加字幕，以利觀眾隨機認識台語文字。當時上字幕的軟體尚未成熟，深夜時分，我看她認真伏案，一點一點為影像加上字幕，總叫我熱淚盈眶，對父母如此的愛心與耐心，我總是牢牢記在心上！

我個性急、事情多，忙起來，情緒不穩，也全仰賴她的寬容。她勇於任事，擔負起所有的救援。有時我克制不住地囉嗦埋怨，她忍不住會適度委屈回擊，但生氣歸生氣，也只躲進房內生生悶氣，不旋踵便笑著出來，倒讓我覺得非常不好意思。《論語》裡，子夏問孝。孔子說：「色難」，對身邊囉哩囉嗦的父母能長期和顏悅色真的最難！但我的女兒都做到了。

不僅如此，兒子已然成家立業，生養了兩位小孫女，因為兩家住得近，小孫女頻頻造訪。只要這位姑姑在，二姝常得到最周到的照應。下班從公司回家，總耐心陪伴，坐沙發上，跟小朋友念英文故事，因應小朋友陪伴的需求：喬裝洗頭顧客；佯裝點飛機餐；坐到地上指導小朋友摺紙飛機、紙動物；玩各種遊戲組；不然就趴在地上一起拼圖；經常應邀扮演不同的角色，譬如陌生人、病人、客人、店員；假日帶著小朋友出門去中正紀念堂餵魚或看劇；在公園裡吹泡泡或往東區逛遊樂中心……有了姑姑在，阿公阿嬤一點都不用勞心勞力。

「有這樣甜蜜體貼的女兒，真是今生最大的幸運哪！」外子和我對坐聊天時，兩人常不約而同如此讚嘆著。因為感受著疼愛女兒及被女兒疼愛的幸福，希望能相互倚靠，愉快且健康存活。於是，這些日子來，我們和女兒相約：不久坐沙發看書，不沉迷網路臉書。每日在晚間倒完垃圾後，一起下樓到小公園散步並稍作運動以活絡筋骨；假日則帶上孫女，騎車、跑步或出門走路。

我們總在這些共處的時光中暢所欲言。女兒笑談職場甘苦、工作心得；外子展示速寫成果、閱讀心得；孫女敘說上學進度、同學嬉戲調笑；我也趁機描摹外出演講、評審、評選的諸多脫序狀況或報告寫稿的曲折心事。我們通常循著固定的美麗路徑前進，在蜿蜒的巷弄間停停走走，從杭州南路通往金山南路，轉往麗水街、青田街。大樹林立、闊葉遮天，踱到馬廷英教授故居「青田七六」喝下午茶。

四季的變化循著自然的軌跡前進，春華、夏豔、秋聲、冬容半點不由人。外子和我歷盡父母相繼亡故、兄姊們老病傷殘，原生家庭日漸凋零，我們能擁有的不是未來，只有現在。小家庭開枝散葉，兒子、媳婦和孫女平安快樂地另立門戶，女兒陪侍在旁，人生如此，我們只有感恩。

一回，跟女兒聊天，向她深情告白：「如果妳一直沒有結婚，我就要努力活得久一點，多陪陪妳。」女兒不假思索回：「請不用認真活得久，自然就好。」這種無情的話居然出自一向纏綿的女兒，當場被嚇到：「什麼！妳不要我努力活得久一點？意思是叫我不要活太久？」「不是啦！是說不必為了陪我而『努力』；但妳想為自己活得久而努力，我是不會反對的。」說得也是。凡事自己想怎樣便怎樣，不必藉口為了別人而活，也不必跟孫女說：「為了看到妳們結婚，阿嬤要努力鍛鍊身體，活久一點。」也不必跟丈夫說：「如果你先死了，我會很可憐，你要認真活久一點。」自己的人生自己負責，情緒勒索可免。

錢鍾書先生的夫人楊絳曾出版一本名叫《我們仨》的回憶錄，以獨特的筆法，用夢境的形式講述了和夫君、女兒同居時共患難、同歡喜的六十餘年歲月，一家三口相依為命的情感體驗，情致纏綿。外子、女兒和我的三人故事，相較於錢家的滄桑悲涼，我們三口共譜的人生音符，調性似乎更加歡暢輕快。

因此，說起我們的「許願清單」無他，只是按照平時的節奏緩步慢行。家人聚在一起，就算只是走路、喝茶、說話都是幸福。也祝禱女兒找到生命中所有喜歡的人、事、物，在對的時間做對的事。

——原載二〇二一年十二月一日《Beyond beyond》

輯四　下著微雨的日子

想念

我大三開始在《幼獅文藝》打工，當時還天真爛漫，渾不知人事。

當年辦公室裡的編輯來來往往，後來都成了社會中堅。年紀大的，如王鼎鈞先生、瘂弦先生、段彩華先生都是知名文人，自不在話下。其餘的，如周浩正輾轉在各大出版社間呼風喚雨；何傳馨成了國立故宮博物院常務副院長；已故多年的黃武忠生前任文建會處長；詹宏志成了城邦文化創辦人、《數位時代》發行人，也是PChome董事長；孫小英以幼獅文化公司總編輯退休；林添貴在翻譯界赫赫有名，無人不知；阮義忠則成了蜚聲國際的攝影家；康來新、何寄澎、董挽華分別任教中央、台大、交大；康來新成了紅學的專家，何寄澎甚至擔任過考試委員……真印證了杜甫〈秋興八首〉裡所說「同學少年多不賤，五陵裘馬自輕肥」。

其中，我最親近的，莫過於跟我一起編《幼獅文藝》的黃力智。黃力智比我長幾歲，在社裡負責版面設計，跑印刷廠。年少時，我們一起工作，他總是不辭細事，畫版樣、校對、跑印刷廠……非常有耐心，很耐煩；而我一逕粗心、急性子，受不了拖拖拉拉，我們倆正好互補。痖弦先生和他倒都是慢郎中，每月一日出版的雜誌總在主編忙碌拖延、他處變不驚、我乾著急，眼看就要開天窗的險象環生狀況下，三人夙夜匪懈趴倒在印刷廠機器旁趕工，延挨到十日甚或十五日以後才姍姍出刊。

當年上班地點在西門町，偶爾逛街買東西，我性子急，不耐煩，拿著預先擬好的清單出門，只要一看到清單內的東西，立刻一手掏錢、一手取貨，三、兩下就完成；如果請黃力智作陪，幾天幾夜都買不完單上的東西。他總履踐「貨比『多』家不吃虧」的原則，滿街比價、殺價，當然得感謝他真的幫我省下不少錢。

我待在幼獅最後那段日子，過得極焦慮，是黃力智的沉穩安定了我的魂魄，他總默默地支持著我。可也不知為什麼，我一直沒跟他說過我心裡的感激；也或許是依賴慣了，覺得道謝反倒顯得生疏。

黃先生是個好好先生，極有耐性，喜歡攝影，而且拍得極好。一日，他拿了相機就坐在我面前拍我工作狀況，我當然沒能太自然，裝模作樣的。那時，沒有數位攝影，每張照片都得花錢洗出來。他約莫拍了上百張吧，但他的速度一向慢，我沒太指望，也沒多過問。

黃力智為我攝下少女時代。

隔了好一段時間，他忽然洗了幾十張給我，我看了大吃好幾驚，他真的抓得住我，我好喜歡，但我好像也沒告訴他或謝謝他，我當時真是個討厭的傢伙，不知為什麼他總是對我如此和善？

我離開幼獅後，我們鮮少面對面聚會，初始會用電話聊聊，其後各自都為家事及工作忙碌，只維持藕斷絲連的問候。多年後，聽說他跟坐我對面的另個編輯張泠結婚了，我又嚇了一跳。張泠一逕對他一張冷冷的臉，我思前想後，也覺理該如此，這才隱約想起他們有時可能是用另類方式在眉來眼去。

二〇一三年一月，他給我寫了一封信：「在妳忙碌之中，說幾件事。我身體老化得真快，走不遠，動作硬。中午時段，王總編輯來電，嚇一跳！他老人家今年有八十好幾，乘飛機有點問題，總會不時來電聊聊幼獅，聊聊以前。聊天之中我都不敢說自己，更不敢比病多。人老了活動範圍變小，說來有點心酸，明後天再e點健康資訊讓全茂參考。」最後，還加上一句俏皮話：「喂，請問您是何類型的婆婆？」企圖稀釋感傷的氣氛。

二〇一三年二月，忽然他又來了封懷舊信：「又是一年近尾聲，腦袋裡想的都是從前，從前的日子，豐富多汁，有歡樂沒憂愁。不知妳可否記得，在漢中街期刊部時，過年放假的前一日，妳和宣小嫻小姐和我三人到光復大陸設計委員會隔鄰的川菜館自費會餐，記得慣性聚餐了好幾年；又有一次和來社裡幫忙的台大學生一起去爬皇帝殿，黑白照片中的幾人：邱成章、黃海、陳秀芳，不知奔向何方？」我看著信裡勃發的青春年少身影，為滄海桑田的變化感到無限的惆悵。

二〇一三年九月，他自稱是「一指神功的老人」，試著在雲端寫了封信給我。說他自從領了老人年金，身體一日不如一日，月前又診斷出初級巴金森氏症，自此日子都變藍色了。藥丸子每日共三粒，物件防滑手，都換成塑料杯碗；帶扣的襯衫都變成套頭的T恤。一晚裝藥時赫見藥袋上印着副作用，可能會有罹患憂鬱症之虞。我大吃一驚，回他一信：「怎會這樣？往後你的行動舉止得格外小心了！年紀大了，各種毛病紛紛找上門，我的左手也已經麻了好幾年，頸椎鈣化長骨刺。我們就這樣逐漸老下去，可也沒法子，只能認命接受。」

從那以後，我的雅虎信箱即刻被他轉寄來的信件所攻陷。先是〈留心身邊那些健康事〉、〈五十以後才明白〉、〈預防退化性膝關節炎祕方〉，接著乾脆直接寄來〈榮總高齡醫學寫給怕老族的信〉、〈拒絕失智〉、〈十一個生活高招阻擊老年痴呆症〉甚至是〈老年人的十大樂趣〉……。信件排山倒海而至，我看得眼花撩亂，人生瞬間被百病、中風、關節炎、退化、老人痴呆、失智等字眼充塞，立刻由彩色變成黑白。我知道老朋友飽受疾病之苦，寄些保健的方法給我，其實是另類的關切。

二〇一六年，我聽說他的妻子張泠居然年紀輕輕就在美過世，非常震驚，打電話安慰他，我們在電話上聊著，想起年少輕狂的歲月，都不勝唏噓。因為巴金森氏症之故，他講話的聲音有點中氣不足，說晚上不再出門，眼力也欠佳。

每回聯繫過後，我都不自覺想起當年同舟共濟的革命情感。在某些方面，我看起來彷彿機靈，有時卻幾近遲鈍，我羞於跟他表達，對他當年在我最艱困的時刻輸送的溫暖有多麼感謝。但每回掛電話前總慣性說：「得空，來約著一起吃個飯吧。」卻往往因著不知什麼樣的原因，常無聲無息沒入生活的隙縫中，沒能夠付諸行動。

到底生活能有多忙碌呢？約會能有多難呢？一晚，我想著、想著，其實滿想念青春期交往的這些老朋友，毅然拿起電話約了幾位老同事，結果只找到他和另一死黨孫小英夫婦，其餘都星散了。

小英退休前擔任幼獅公司的總編輯，我們當年同一辦公室，她編《幼獅少年》，我編《幼獅文藝》，我們都是念中文系所的，交情甚篤，孫伯伯、孫媽媽都視我如女，我們常偷偷咬耳朵，交換女孩子不足外人道的心事。

小英的丈夫王詠雲教授任教清華大學，兩人都退休了。我們住的地方其實相距不遠，但也沒常聚談，偶爾會在某個十字路口相逢，站在路邊說上幾句而已，真是「人生不相見，動如參與商」。

那日闊別後的相聚，尤其行動已然有些不便的黃先生，還從桃園迢迢來赴約，真讓我萬分感動。我們談往事、敘來者，我的女兒同行，兒子、媳婦也在工作中抽空一起過來聊聊，感覺好溫馨。

當晚送走老友，想著：人生走啊、走的，彷彿已走到翻牌的時刻。回首過往，諸多情緣都斷，少數留存心底，這時，才恍然明白涓滴成河的意義，細水長流的可貴。長長的一生，交往過的，也許以千計還不止，但在記憶中會時時湧現的人，著實也剩下不多了。

歡聚過後，我們繼續維持著時斷時續的聯繫。他時不時郵寄些當年幫我拍照的底片、送給外子畫圖用的金宣紙、寫字的棉紙；或送來一些頗有紀念價值的活動照片，或露營、或遊湖、或登山，都歷經五十年的！有一次，甚至還整理許多珍貴的收藏，包括已絕版的美術類書籍、他收藏的插畫原稿（應該是當年擔任編輯時所蒐集的）和一台老式的相片放大機，請我兒子去他居家的桃園取回，他說：「也許你們經營的『行冊圖書館』用得上」。如今那部機器和那些寶貴的書就真的置放在「行冊」三樓的圖書館內，插畫我們也珍惜地裱褙收藏。

沒料到的是，二〇二〇年六月十九日午後，我正伏案寫稿，無預警接獲電話——黃力智在家跌倒，送到醫院搶救不及，在六月十一日告別人世。他的兒子黃威前來報訊，說他謹遵父親遺言，一切從簡。樹葬蘆竹、沒靈堂、沒墓碑。他父親就這樣安安靜靜地走了。

我這才驚覺，好友意識到來日無多，早就開始循序漸進逐步著手整理自己的人生。該記憶的、該遺忘的、該放手的、想餽贈的、該說再見的，甚至死後的安葬……都一一盤整，不留遺憾。我驀然想起二〇一六年的那次行冊的餐聚，罹病的他應是特地扶病前來道別的，而我當時天真得竟一無所悉。

我回想我們最後一次的私訊往返，是二〇一九年年底，他用LINE傳來一首陸游《劍南詩藁》卷三的七絕：「紅樹青林帶暮煙，並橋常有賣魚船；樊川詩句營丘畫，盡在先生拄杖邊。」請我幫他詮解詩意。另有一副對聯：「客懷皎若瑤台雪，詩夢清如閬苑風。」他讓我幫他辨認不易辨識的行草字跡；而我猜測，他此刻應該已然去到對聯所言如雪般潔白的神仙居所或清風直入的如詩夢境了吧。

想念你，我的摯友黃力智先生。

——原載二〇二一年十二月一日《鹽分地帶文學》

時在念中——由《粟廬曲譜》想起

前幾日，去紀州庵參與「二十一世紀上升星座」頒獎典禮，巧遇白先勇先生。典禮後，蒙聯合文學出版社總編輯周昭翡之邀，和他們一起去華山光點觀看白先生致力推廣崑曲的紀錄片《牡丹還魂——白先勇與崑曲復興》。

崑曲原本是傳統的精緻文化，一唱三嘆、婉約纏綿，水袖輕揚，就是萬種風情，盛行於晚明清初。但也許節奏較慢，和快節奏的社會慢慢脫節，崑劇的觀眾遂逐漸淪為小眾。白先生眼見崑曲即使已被聯合國教科文組織列為「人類非物質文化遺產」，也難敵老化、凋零的命運，遂積極展開拯救計畫；經過近二十年的努力奔走及多方籌策、培訓、推廣，終於在幾乎式微的窘境裡，湧動出一條蜿蜒迤邐的奔流來。紀錄片拍得極美也極動人。

看完紀錄片後的某天夜裡，我與幾位文友和白先生相約在行冊餐廳聚聊，白老師談興甚濃，說起他所鍾愛的崑曲，眼睛裡全是煥發的光彩。說著、談著，他溯及既往，談到崑曲在台灣開枝散葉的歷史，忽然談到徐炎之、張善薌伉儷的「蓬瀛曲集」。我心念一動，忽然想起了二十多年前，陪伴先師張清徽教授去曲會習曲的往事。

回家後，我開始翻箱倒櫃，一本《粟廬曲譜》（私印本）就在輪動雙層書櫃的夾層和我素面相照。這本曲譜原是我的博士論文指導教授張清徽所有。《粟廬曲譜》是周一欣女士以家藏為底本私印以餽贈同好的。當年，清徽師隔周星期日午後，總揣著這本書去「蓬瀛曲集」唱曲，「蓬瀛曲集」是由夏煥新、焦承允、汪經昌和先師等人一起發起、定名的台灣早期崑曲清唱團體，至今猶存。清徽師謝世後，師兄（清徽師的長子）林中斌教授打電話來，說老師的藏書已經要開始打包，打算送去給台大典藏，問我要不要去舟山路老師的故居看看有沒有可用或是想要留下來做紀念的，可以先去取走。

雖然經常去宿舍接送老師，或上下課、或去曲會，有時載著她去跟其他老師或學生聚會或逛街；但鮮少進去老師家裡，常常只是開車進舟山路六十巷宿舍區內，倒車進老師家對門的小徑、再轉個頭往外的方向，然後，就在車裡靜靜鵠候。那日，車子進了宿舍區，我迴轉過後，仍舊跟往日一般，靜坐車內許久，等意識到老師再不會從門裡走出來了，不禁悲從中來，伏在方向盤上淚流不止。

其後，我收拾了眼淚，上樓環繞一圈，挑了幾本書回去；其中，就有這本《粟廬曲譜》，之所以選它，是因為以往老師出門唱曲，時常帶著它，我肯定書上必然有老師平生手澤存焉，是一本跟老師最親近的書。我保留她最常摩挲翻閱的曲譜，作為師生間永恆的繫念；就像母親過世的那個冬日，我解下母親脖上的紫色圍巾，將它日日圍繞在自己的脖上，讓氣味抵擋止不住的思念。老師其實就像我的另一位母親。

攜回的書本一直放在架上，不忍打開，怕見書傷情，曲會當然也是不去了。隔了一段時間，我不經意間在乾燥箱裡翻到幾卷注明老師名字及劇名的錄音帶。我想起老師生前曾自錄《小宴》、《琴挑》崑曲錄音帶送我，我當時忙著寫論文，沒空聆聽。於是，選個午後，在錄音機裡

放進老師的小生唱段，取下那本攜回的《粟廬曲譜》，翻開它，隨著老師的聲音哼唱，就像往常跟著老師在曲會習曲一般，彷彿她依然還活著，幾次，錯覺在悠揚的笛聲裡，和老師又重新聚首。

有意思的是，第一回打開《粟廬曲譜》的剎那，從書中跌落了幾張照片及畫片；兩張畫片是中斌師兄兒時塗鴉，我後來奉還中斌大哥，他如獲珍寶，也深刻體會當他赴笈他鄉時，母親隨身攜帶兒子童「畫」的殷切思念。這兩張塗鴉，分別為軍艦和山寺，中斌兄驚訝地回覆我：「一為軍事，一為宗教，正是中斌人生後日學習的科目。」真是奇妙的諭示，人生原來由小即可見大。

另有照片四張，一是老師與張金城教授合照，一是當紅時的華文漪、大雅藝文雜誌的藝術編輯李沛與老師的合影，另兩張則是王奉梅女士曼妙的身段，老師仙逝於一九九七年一月四日，由照片看來，老師的日常生活和戲曲的關係是相當密切的。

隨著歲月流逝，工作忙碌加上房子重新整修，這本藏身夾層中《粟廬曲譜》逐漸被淡忘，如果不是觀看《牡丹還魂》紀錄片後，和白先生聚談，「蓬瀛曲會」重新被提起，我差點兒遺忘了這本書。

差點兒遺忘了書，不代表就遺忘了老師，每回看戲，總是想起她老人家對戲曲的痴迷。

還記得一九九二年五月文建會舉行的「關漢卿國際學術研討會」裡，聚集了台灣各地的戲曲教授及研究者於一堂，最後的餐宴中，最風光的，莫過於張老師了。老師致力傳授曲學，指導過的學生無數，全台中文系的曲學教授若非出自其門下就是她的再傳弟子。我還記得那場宴會結束，我送老師回家途中，老師高興極了，出奇地，讓我別急著送她回家，囑咐我多在街道上再繞上幾圈。

張門弟子，在老師開門弟子曾永義教授領導下，蔚為大觀。學長姊經常在戲台下見面，更是分外親切。二〇一七年，應辜懷群女士之邀，前往城市舞台觀賞新編劇《知己》，中場休息時間，邂逅久未見面的同門劇作名家王安祈教授，她打了招呼轉身離開時，欲言又止，半晌，才低聲說：「張老師過世二十年了，我們好像也不知道能為她做什麼……」停頓了一下，無奈地說：「那麼，就各自在內心想一想她吧。」那年，老師仙逝整整二十年，我們都慚愧未能為她做些什麼，只能在心裡默默想著她。

我結婚、生子、覓職、再進修、寫論文、畢業，成為她老人家的關門弟子，一路得到老師的指導與照應。老師晚年，我們住得近，我陪老師到曲會唱曲；陪老師到劇場看戲；還拉著老師去逛街；我贈她一件衣衫，她立刻回我一只皮包；我請她去京兆尹吃芝麻糊，她馬上回請我鹿鳴宴。我們既是師生，更似母女。

晚間電話相尋，她屢屢用頑皮的假嗓唬我的女兒，可女兒從沒上當，轉身喊：「媽，張奶奶找妳。」我接過電話後，聽她在電話裡嬌嗔埋怨說：「要死了！要死了！她怎麼知道是我！」如今，所有的聲音都成思念。

最常想起，夜裡跟老師一起看戲，連學生社團的公演都沒放過。曾看到蕭何月下追韓信，學生踩著的一只厚底高靴，忽然一不小心脫落，還一腳長、一腳短地繼續跑，老師笑得樂不可支。散戲後，師徒二人在人煙已稀的台北街頭，驅車奔馳，怪腔怪調談笑嬉鬧，那樣的日子啊，笑聲彷彿猶然在耳，卻已經變得好遠好遠！

後來，老師逐漸瘦弱，吃得越來越少，連最愛的京兆尹芝麻糊都嫌不夠甜；餐廳的椅子太硬，跟老闆多討張軟墊還是無法久坐；一位日籍學生在上課前，跟老師禮貌地徵詢可否早退五分鐘，老師竟大聲斥責他：「你就不用來上課吧！出去。」下課後，我半撒嬌跟她說：「老師太嚴厲了吧！」她氣憤地回我：「妳不知道那些日本鬼子當年造了多少孽。」

一九九六年年底，竟成為最寒冷的冬天。我翻閱當年工作手札，小小格子裡，挨擠著病痛的訊息：十一月十三日「老師入院」；其後，記了幾次「探望張老師，台大13B隔離病房，分機二六八七」，十一月二十八日有「下午去醫院探望老師，頭髮剪了、瘦了，不禁哭了。走時，老師睜眼致意，我走出，淚如雨下。」十二月十日寫著「代課始」，是幫老師代授研究所課程吧！十二月十六日是「《桃花扇》博論，得三民書局稿酬三一九〇〇〇，扣繳後，實得支票二八七一〇〇元，飛奔報予清徽師知曉並致謝。老師笑了，要我請客。」病中的老師還不忘跟我開玩笑，其後老師漸入昏沉。如今，一九九七年的工作手札遍尋不著，莫名其妙失蹤；其後的事，彷彿也跟著恍惚迷離。是潛意識裡迴避著老師在那年一月四日的亡故訊息嗎？

老師過世次年，我從軍校轉到世新大學中文系，二〇〇二年八月到聖塔芭芭拉訪問白先勇老師，原先預定要訪談的議題設定在白老師的小說，沒料到白老師完全歪樓到崑曲的美學上，錄影帶上全是他復興崑曲的想法。次年，我又好說歹說力邀白老師回國擔任世新的駐校作家，白先生也許被我糾纏到沒辦法，只好答應。在白教授駐校期間，他又大力鼓吹成立崑曲社。學生被遊說成功，於是，世新崑曲社成立。他們由是開始研究崑曲、參加曲會、學唱曲，甚至變本加厲，上場演出。他們依然用的是那本標示了工尺譜的《粟廬曲譜》，原來一本書就可以將崑曲傳承久遠。

我曾在MOD上看了一齣入圍二〇一五坎城影展競賽片，名為《媽媽教我愛的一切》（Mia Madre）的電影，是義大利導演南尼莫瑞提自導自演的。

劇中，刻畫一位事業遇到瓶頸的導演，家庭和婚姻也同時出現難以處理的煎熬，在疲憊與徬徨之際，正瀕臨死神威脅的母親的平日舉止言行忽然交相躍上導演腦海。我注意到的，不是那位主角導演，而是那位當老師的母親。

那位母親，不但是位讓人尊敬、也讓人親近的老師。她謝世後，定期來訪的學生談起她，有的說：「她跟學生談工作、小孩，也談政治。她樂意傾聽，好奇，什麼事都問。她讓學生覺得自己很重要，覺得你真的對她很重要。」張老師是這樣好奇、凡事問的老師。

有的說：「校外教學時，她會領著學生去有點唱機的餐館，讓大家放鬆心情，自己也跟著放鬆。」然後，學生叫導演別吃醋，說：「我們有很多學生都把她當成媽媽。她教我們的人生道理甚至比其他學科還要多，她活在我們心中。」張老師也是同樣活在學生心中的老師。

我教了好多年的書，看到現實及電影中那些被懷念的老師，總是心虛。真的不敢想像我的學生開同學會時將會如何談論他們的老師。我雖然常常提醒自己，也努力效法，但不容諱言，偶爾，也萌生力有未逮的疑慮。人生實難，而張老師做到了。

戲散了，曲終了。老師遠走多年，我們時在念中。我把《粟廬曲譜》移放到顯眼處，以利隨時翻閱哼唱，像我的老師一樣。

——原載二〇二一年二月二十六日《聯合報・副刊》

山林的天際若有呼嘯或呢喃

約莫二十餘年前，外子打算提前退休，畫家林耀堂先生聽說外子雖然任職科技單位，卻因為喜愛繪畫，一直嚮往未來能四處雲遊、寫生，就來邀約去金山南路附近的某畫室一起參加人體寫生，因此認識了一群畫畫的同好，譬如雷驤、何華仁、蔡元充、何雲姿、翁清賢……等人。外子是嚴肅的理工男，乍然接觸這群浪漫的藝術工作者，初始有點不知所措；尤其生性靦腆，不善與人交往，常躲在無人注意的角落，唯恐被發現技法的生疏。這些人當中，雷驤先生年紀稍長，大夥兒唯他馬首是瞻；其餘就屬華仁點子較多，實踐能力較強。

後來，畫室因房東收回而解散，他們七、八位走動較勤的朋友，開始另覓地點，延續繪畫熱情。好長一段時間，不是到陶藝家王美雲的攝影師丈夫翁清賢在士林租來的工作室畫畫，就是呼朋引伴到他們位於陽明山上的家裡，使用美雲的陶窯燒陶。最開心的一次是個十二月天，天氣晴和，每家帶些食物上山，連我母親都受邀了。那日，雷驤大哥好體貼，在屋子的前院，專程為我母親用台語念了一篇散文，內容是一口箱子的神奇流浪故事。故事約莫是這樣的：

他的一個朋友贈送他一口親手製作的檜木箱子，因為搬家，暫時寄放另一朋友家裡，多年後想取回，卻發現離奇失蹤。發現木箱失蹤的當晚，一位木刻畫家朋友邀請他去吃飯，木刻家欣喜地向雷驤展示不久前買到的古董木箱。乍見之下，雷驤難掩錯愕，經過一番仔細審視，發現竟然就是他遺失的那口木箱。木刻朋友知道這只箱子的來歷後，希望能夠物歸原主，不過雷驤客氣地婉拒了。

過了幾個禮拜，朋友們去雷驤家中聚會，木刻畫家朋友高舉著木箱，一面大叫著、一面走進屋內，在雷驤面前打開箱蓋，露出蓋內版畫家親手雕刻的貓頭鷹。木箱中還放置了三十朵沒有刻意修剪過的玫瑰花，長度剛好，彷彿木箱是為這些花兒量身打造的。那日，正好是雷驤與妻子結婚三十周年紀念，那位將失去的木箱體貼加工並盛裝三十朵浪漫玫瑰當禮物餽贈的版畫家就是何華仁；而雷大哥說這故事時，也湊巧是我與外子結婚二十周年紀念。人生真是充滿了驚喜！

我們這個肖似畫會的組織，堪稱龐大，除了畫友外，身後的一干家屬常在模特兒走後，蜂擁而至。舉家一起喝下午茶或聚餐，小自三歲小娃，大至六、七十歲老輩，每星期為之，幾乎不曾間斷。過年時，各家輪流作東，欣欣聚談；寒暑假還結伴出國旅行。錄影機裡，溫馨感人的畫面不停訴說曾經的美麗：京都的植物園內呵氣吃拉麵；或為某個即將出國的孩子辦Party，或為某家喬遷辦喜宴，無論長幼，一逕對著鏡頭送上多彩的祝福。我們常戲稱這是「假畫畫之名，行吃喝玩樂之實」。

印象很深刻的還有二〇〇四年為慶祝華仁夫妻結婚紀念日，大夥兒相偕飄洋過海到福岡。大雪紛飛，我們接受了一場前所未見的大雪洗禮，在雪地裡像孩子似地奔跑、嬉戲，讓皚皚的雪花飄上髮際、襲進心裡。福岡的幾日，遂在記憶裡熠熠生輝。我們曾在華仁的領軍下，走遠路去吃一碗據網路說非吃不可的博多拉麵，每繞過一個街口，華仁就說：「馬上就到了，就在前面。」他的擇善執著，讓畫友們差點兒餓到討饒。但也在他的精心策畫下，我們在室外湯屋裡享受和月亮裸裎相對的

爽利；夜裡，大大小小呵著寒氣，一齊擠進逼仄的、吊著昏黃燈籠的流動燒烤屋裡，吃喝談笑，感受相濡以沫的溫暖；除夕夜，在旅館中，無分老少紛紛對著數位錄影機的鏡頭認真細說幸福的人生，感謝難得的情緣。

幾十年過去，當年的孩童已然長大成人；昔日的少年、少女，各奔前程、遠走高飛，數位錄影機裡的福岡掠影，不只留住了那場美麗的風雪，也記錄了家庭甜蜜的團聚，見證了曾經的友誼，更無情地宣告「春夢秋雲，聚散真容易」。這樣的日子終究因為種種現實的因素而告終，有的遷居、有的轉業、有的生病，大家都懷著不捨的心情，但也知道人生沒有不散的筵席。有意思的是，大部分的年輕人都因為無形的濡染、薰陶，紛紛步上藝術的道路，學美術、走設計、有人還踏上美術教育的講堂，成為美術系教授。

在畫友星散後，我也曾每隔幾年就舉辦畫友聚會活動，邀約全體畫友及家屬歡聚。最盛大的一次是二〇一七年十月慶祝畫友結識二十周年，有八個家庭的三十四個成員，包括開枝散葉後出生的第三代幾乎全都到齊。我們在石牌「蘇杭餐廳」席開三桌，熱熱鬧鬧重溫昔日光景，好不開懷。最近一次則是二〇二一年三月在銀翼餐廳慶祝畫友歷劫歸來——雷驤先生動大刀，華仁挺過腦瘤開刀的三年，計有二十二人參加。在邀約的電話裡，眾人都飛快應承，我們吃著、喝著、談著、說著，昔日的纏綿彷彿又回來了。我在臉書寫下：「感謝所有朋友的相挺，我們曾經一起走過，想必也將再度攜手吧。」

友誼雖因這種種因素藕斷絲連，但我們沒死心，相互懸念。幾年間，只要有人出書、開展或得獎，畫友都熱情參與。二〇二〇年十一月在台北福華沙龍舉行的「何華仁二〇二〇版畫展鶚隼之章」，畫友們都欣然奔赴，共襄盛舉。我在次日的臉書上記著：

「昨日，親朋環繞下，華仁在福華沙龍舉行病癒後的第一場版畫展，距離他上一次的展覽約莫十年。病後反而創意大爆發，舉行版畫展之前，還出版了兩本繪本書，繳出驚人的成果。病，不再是拘縛心理及生理的殺手，身心安頓後，往往反轉為平路所說的『禮物』。昨日午後，在幾近摩肩接踵的滿堂人潮中，開幕式熱鬧展開。身為好朋友的我們都為他的抗癌意志與努力感到無限的驕傲。」

最後一次與華仁的見面，在去年九月，聽說華仁身體微恙，雷驤夫妻和我、外子約好一起去宜蘭探望。光夏聽說後，隨即包車陪伴我們。因為疫情關係，華仁已有許久未曾去醫院複診。華仁妻子N隱約察覺丈夫病情可能惡化，央求我們到訪之時勸說華仁就醫。那日，風和日麗，華仁雖然偶有口吃現象，但大致看來狀況良好，談笑自如。雷大哥可能是終於放下心來，一時意興風發，在華仁拿出的金邊畫仙板上一張一張揮毫，約莫十餘張，畫的都是各種不同造型的小丑；外子也應邀畫了幾張圖，同在的還有宜蘭的牙醫朋友左巴和阿丁夫妻。大夥兒一起吃了Amy姊帶去的一蘭拉麵，佐以我攜去及N去餐館外帶的菜餚，大家都笑得好開懷。那是九月三十日的事。

其後，他乖乖聽話就醫，卻證實腦癌復發。中夜接獲訊息，說華仁所剩時日不多，猶如晴天霹靂，讓人不敢置信。醫生認為化療藥品也許可以延長華仁生命的長度，但對他的生活品質不會有幫助。在生命最終的日子，醫生建議應該讓華仁圓他的夢，做他想做的事情，讓人生不要留下遺憾。醫生也提醒家屬：「要把握時間好好地跟華仁道謝、道愛、道歉、道別。」華仁應該也早有心理準備，他說：「從二〇一七年得知此病至今，已超過當時醫師的預期，我也辦了畫展，心中無憾，只想再找老友、好友喝喝小酒聚聚。」他坦然面對死亡，即刻請來好友劉克襄、向陽和傅月庵、張宏銘等人，交代畫作出版之事，希望身後不留記掛，隨風飄過他喜愛的山林，與他日常觀察的禽鳥為伍。據N的轉述，他歡喜在各方面狀況相對較好的情況下，曾跟我們見面聊過，也冷靜婉拒我們短時間內再去看他，我只能時不時用臉書私訊做簡短問候。

但人生荒謬，經常無法圓滿。十一月二十七日，華仁忽然回我：「N上周五起不歸。」我大驚，打電話給他問端詳，他仍言談清晰，用手機錄影把家裡一樓改建及重新布置的空間秀給我們看。說是所有改造都親力親為。後來才知十一月十九日華仁曾經被強行綁架至醫院的安寧病房，他卻負隅頑抗，不惜脫逃返家；求好心切的妻子也許被他的不聽勸所惹惱，就在當天負氣離家。

我大吃一驚，即刻寫私訊安慰他：「聽到你的聲音，稍稍放心下來。你言談還條理分明，看起來狀況不錯。就先讓N休息一下吧，她想必也是壓力大才這樣。你別想太多。我們絕對支持你對人生的自主抉擇，也深信你能做出對自己最有利的判斷。我要深刻表達的是，如果有我們能幫忙的，請務必不要客氣，我們很珍惜這分難得的友誼。」他則寄來他過去的版畫四幅和如今手不從心的一幅線條歪曲的小鳥素描給我，彷彿是自我調侃。

我回頭又緊急聯繫N：「妳在跟華仁生氣嗎？華仁覺得自己目前狀況還可以，不想去醫院，習慣在家裡，妳為此生氣嗎？人生走到這個地步，我知道妳的辛苦為難，但總是夫妻一場。在這接近尾聲的時刻，要不要就馬虎一點，讓他隨心所欲。啊！也許我多事，但這樣默默走開真的不是好辦法。他如果都不怕死了，我們真拿他沒法子啊！」N可能已經死心，只回我「謝謝」兩字。

幾天過去，N依然滯外不歸，把照顧華仁的工作全交給華仁的弟弟和妹妹。我心疼這對好友夫婦的難堪處境，再接再厲寫信給N：「N，妳在此時離開不回，真是出乎朋友意料之外。再怎麼說，華仁這麼愛妳，在他走最後這一里路時，妳就這樣走了，一定讓他傷心欲絕。作為朋友的我們，真的很不捨，一則不捨華仁的傷痛，一則不捨我們所愛著的N變得這樣狠心，顛覆我們對妳的暖心印象。無論如何，還是請妳三思吧！回去看看他吧。有什麼不開心、不能忍的事，都可以攤開來說啊！」這封信一直被「已讀不回」。

就那樣……華仁的病況江河日下，我不斷地給他寫私訊，最後近乎呢喃自語；他則常回我幾張以前的版畫或歪歪扭扭的練習字「樂」和「空」。我給他寫的最後一封信是這樣的：

「華仁，想你病中定不好受，我們時常想著你，但你妹妹雲姿說你不想會友，應該是身體不舒服。這兩日，克襄一直打電話來探問你的消息，我也無言以對。寫這封信的目的是要告訴你，我們是永遠的朋友，你不要灰心，閒時想一想我們曾共同經歷的過往，一起畫畫，一起旅行，一起歡聚……你的人生如此輝煌，也帶給我們許多快樂，你的作品撫慰過許多人的心靈。你絕不要被目前的不順心困住。祝福。」

直到今日下筆的此刻，我還對著「未讀未回」的這封私訊愣視著，看來十五日我寄去的信，華仁已是無力閱讀了。

初遇華仁之時，他就跟外子說：「席勒二十八歲死去、梵谷三十七歲過世，畫畫得趁早。」當年，華仁正巧三十七歲，看到天才早夭，必然是頗有感慨的。他用「時間有限」鼓勵外子及早退休，向夢想靠近；他吃食花費謹慎，卻迫不及待介紹全套昂貴的麥金塔配備給外子，說是「工欲善其事必先利其器」，為了理想必須窮盡力氣並使用便捷精密的工具，以保持作品的品質。他應該是早早體悟生也有涯，得筆直往設定的目標前進，絕不能輕易放棄，這從他認定一碗麵的品質後，無論路途如何彎曲、遙遠，都要不辭迢遞可以看出他的堅持與毅力。他愛鳥成痴，賞鳥是他的家常。即使已然病入膏肓，還給我寄來一張由朋友領著去賞鳥的照片。

華仁版畫的深刻動人已是人盡皆知，價值無庸置疑，已有許多專業評論，我不在此贅述。我只記下我們曾一起聽風、賞鳥、旅遊、玩樂的過往家常，來悼念一位畢生執著於藝術的好朋友。雷驤先生在接獲我報喪訊息時回覆我：「當人們自終極回望，此生經歷似乎無可計較了。華仁應非含怨懟以歿的吧！我以虔敬之心，思懷我們彼此相與之日子，但那溫柔或感動也只在彼當時一刻。噫！生命其實飄緲。」雷先生曾履險蹈危，他看淡死生大事，寬慰我只要珍惜一期一會的片刻即彌足珍貴，但我卻一直想著華仁千山獨行前的心情。

其實，對華仁而言，創作是一件再自然不過的事，無論是猛禽還是其他種種鳥類，凡經他眼，都已一一收攬在他的雕刻刀下。我試著寬慰自己：華仁的身軀隨著畢生關心、觀察、雕刻且拓印下的群鷹飛去了遠方。雖然在人間提前離席，應該已了無遺憾。曩昔，我們時相過往，一起旅遊、一塊餐敘、偶爾寫生。往後，山林的天際若有呼嘯或呢喃，我就停下腳步，再仰天屏息，聽聽是否是故人在雲端的呼喚吧！

——原載二〇二二年三月六日《聯合報・副刊》

下著微雨的日子

去年十二月二十一日晚間七點多，我們正看著一部查理・考夫曼導演的《我想結束這一切》。整個片子籠罩在紛飛的大雪中，男女主角在一來一去的兩趟旅程中回憶、討論。充滿了對生命的質疑，暗灰到極致。

看到男主角在大雪中要繞小路帶女主角去他曾經備受煎熬的高中時，我轉頭跟外子說：「這就是我當年上台中附小的兩年心情——煎熬。」說這話的時候，不知為何，我瞬間陷入極度的憂傷中。我轉身拿起手機，想查一查這齣極度晦澀的電影，到底想傳達多大的人生煎熬。

殊不知，那一刻的椎心之痛，原來是靈犀相通。我的手機就在那刻響起，姪兒報喪來了——我最親愛的二哥就在前一刻仙逝了。算算時間，他結束世上一切的時間，不偏不倚落在影片中男主角說到「煎熬」的時刻。

我二哥走了，我跟姪兒原先約著次日早上加護病房開放探視的時間去看他的，他竟等不及了。他在加護病房備受煎熬，和死神搏鬥了整整一個月後，終也忍不住棄械投降，他不止「想」結束而已，他真的結束這一切了。

我趕去醫院跟他道謝並道別。二哥一向最疼我，用最實際的行動支持我北上讀書；外子出國讀書時，他每星期開車載我南下探望被留在娘家請我母親照顧的初生女兒；假日結束，他載我回中壢後，再上路回他台北的家中。當時還沒有高速公路，來回縱貫公路備極辛勞，他從無怨言，也從未居功。

我的二哥，年少時是個奇特的文青，在攝影機還是極其稀罕的五〇年代，他便擁有一台性能極佳的相機。我因此有了許多童年時期的照片留在相簿裡。我經常有機會應報章雜誌之邀回顧童年歲月，編輯來信要求提供照片佐證。照片寄去後，編輯總嘖嘖稱奇，說相片照得真好；照片登出後，朋友都驚訝我居然有幾近藝術照的童年相片。大部分同年代的人多半只有過年過節舉家去照相館排排坐的全家福。

二哥年邁之後，我有一天心血來潮，問他在那麼窮困的時代，怎麼有錢買這麼時髦的攝影機？那時，他已逐漸陷入沉默，笑而不答。那個相機遂在記憶裡成為神祕的存在。

二哥的倔強自幼及老，從未改變。記得年幼時，家裡食指浩繁，長年舉債度日。二哥大我十歲，當我八歲左右，他已就業。發放薪水那天的黃昏，他往往會刻意繞去街肆小店買一盒白切鵝肉回家加菜。儘管母親勸說：

「菜已經做好，有夠食矣，鵝肉留咧明仔暗才食！」他就是不肯。

「這才叫加菜啊！明仔暗是明仔暗的代誌。」

這種直拗的個性還真一以貫之。壯年時，大家樂風靡全國，他堅持大家樂的號碼有某種公式可以計算出來。一開始，自己簽，中風以後，行動不便，開始在家裡幫忙鄰居，提供號碼給別人簽賭。

年邁的時候，他倔強依舊。過世前半年的一個午後，二哥坐著輪椅，由外籍看護推至大樓中庭解悶，忽然淚流滿面、仰天咆哮，鬧著要回去中部

二哥所攝我的幼年時光。

老家。但疫情嚴重，防疫中心極力宣導年高者非必要不要遠行，尤其是清明假期，最好居家規避風險。但嫂子、姪兒力勸無效，他聲聲哀號且涕淚橫流，聞者沾襟。姪兒不得已來電求援。我知中風多年的二哥想是因清明上墳的電視畫面引發的思念讓他情緒潰堤，在電話中我告訴他：「我知道你想家，但疫情嚴峻，還是保命要緊。明日我會過去跟你聊聊，改天再下廚烹煮一鍋豬腳麵線送去給你解饞。」老人孩子性，一場喧鬧居然就被豬腳麵線給鎮住了。看來蹄花麵線的豬腳和我們一併走過歲月，而Q彈的麵線拉長的記憶，最能釋放憂傷、寬解相思。

二哥年少時是個翩翩美少男，做事相當嚴謹。上班時，總是衣冠楚楚，衣著相當講究。一事讓我印象深刻，每晚上床前，都一定先試穿明日欲穿的衣服，讓我將襯衫背後拉出兩條筆直的線條，在長鏡子前，前前後後照過，沒差錯後再脫下，摺疊整齊，放在桌上。之所以印象深刻，是因為我母親總令我幫他燙衣服，冬天還好，炎熱的夏天真吃不消。

二哥是兄姊中最多情的，他疼愛所有的弟妹。前幾年，我們一起去泰國旅遊回來後的某一天，二哥忽然打電話來，說：「昨晚，妳二姊來託夢，說妳……」說到這裡，忽然泣不成聲。二哥多年前中風，變得多感，容易激動。我請他慢慢講，做夢的事，不必太當真。他終於稍稍平抑了感情，說：「妳二姊叫我要打電話給妳，說妳今天很危險，但沒跟我說是什麼危險。妳上回流感發高燒，現在怎樣？」說著，又泣不成聲。我趕緊安慰他，現在所有症狀都結束了，連一聲咳嗽也沒有了，請他放心。二嫂看他哭得傷心吧，接過電話，跟我說：「一早起來，妳二哥就情緒不穩，哭了半天了。」

行動不便的他，在二姊生病時，還每天讓外籍看護推他去陪二姊聊天。聽他哭得如此傷心，讓我內疚不已。那回，從泰國回來過海關時，他眼睜睜看到我被海關人員叫進去量體溫，最後證實是流感，被居家隔離；而我慨慨然，感冒好了，又忙著寫文章，也沒打電話給他，想必是讓他嚇壞了。這樣一位疼愛著我的二哥走了。世界依然翠綠，他卻枯萎了。如今，所有管線終於全部拔除，不再吃苦。

次日微雨中，外子和我再度相偕去位於臥龍街的人文會館，跟暫厝在小靈堂的二哥照片及牌位行禮告別。那兩天，我的心情平靜，只像外頭般下著微雨，似有若無，我好似逐漸明白些先前的疑惑。譬如，當年，我母親的妹妹（我的四姨）過世消息傳來時，母親意外地平靜，只跟我說：「我來去煮飯。」然後，轉身往廚房走去。

沒有流淚，沒有特別的哀傷。當時，我相當驚訝。四姨媽跟我們住得近，姨丈和我父親相繼過世後，她們兩姊妹相互陪伴，度過相當親密的時光。對這樣親密妹妹的死亡，母親冷靜的反應讓我無法釋懷。如今，我終於有些明白了。父母雙亡，兄弟姊妹陸續亡故，接受一

哥哥年輕時是個愛攝影的文青。

次又一次的凋亡衝擊，只剩她最後一人。她已學會接受手足死亡，知道自己遲早也得面對。死亡不再是偶然，而是必然；不再是幽谷，而是回歸自然。

我現在應該也差不多是這樣的心情吧！這些年，兄姊陸續仙逝，我經歷陪伴、搶救、驚嚇、憂傷、痛苦、思念的無措，到現在的堅強面對，只心中偶有微雨飄過，其餘一切如常。照樣走路、甩手，仍舊看書、寫字、校對新書、準備演講，如常在清潔阿姨過來之際，和外子去小公園走走。

生前曾經盡心陪伴，逝後應該就能寧靜接受失落的惆悵吧？但對這樣從容以對手足亡故的我，年輕的兒女或者也如當年的我一樣，有些疑惑吧？

——原載二〇二一年九月十五日《鹽分地帶文學》

魔幻的午後

陰寒的天氣忽然放晴，秋芸決定和丈夫去電影院觀賞一部即將下檔的電影。

前一陣子，疫情剛剛稍稍趨緩，忽然所有的活兒蜂擁而至，好不容易將措手不及的慌亂一一擺平，覺得應該慰勞一下自己。

穿過公園時，發現許多人都帶孩子到公園來戲耍。鞦韆盪過來、盪過去的，恨不能飛到天上去，幾個孩子的笑聲幾乎穿入雲霄；公園才剛添置的扭腰機竟然已經隨著婦人的款擺發出「唧唧」的、近乎抗議的摩擦聲；幾個老人由外籍看護用輪椅推著繞公園外圍慢慢行進著。

「什麼時候我們也會變成這樣吧？」秋芸說。男人看一眼，不置一辭，只顧趕路。

陽光璀璨的公車站牌下，站著住在鄰棟大樓的張太太。張太太有三個兒子和一個女兒，除了二兒子，其餘都成家了。二兒子維綱和他們的兒子是國中同班。但同學歸同學，並不是一起玩的友伴。兒子專門跟成績較差的後段同學交往，說是前段班同學都只會讀書，無趣，不好玩，維綱應該就屬於他說的那種書呆子，見面只會傻笑。

張太太和秋芸雖沒特殊交情，但偶或見面還是會寒暄一下。最近一次聊天，約莫十個月前，就在剛才經過的小公園內。彼時，秋芸夫妻剛繞著公園走了四圈，正坐上長椅上休息，張先生夫妻也恰好繞過來。兩個男人都寡言，張先生只頷首微笑，就走到一旁做健康操；秋芸的先生則拿著速寫本起身到處畫畫。那天，兩個女人才開始聊了幾句，張先生就催促得回去了。雖然比鄰而居，其實兩家人也不常見面交談。

幾乎十個多月沒見面，張太太見到他們趨近，立即招呼秋芸坐到身邊的候車椅上：「昨天維綱回家時，才秀出妳兒子公司的裝潢，好美！說是要找一天去光顧。」秋芸免不了謙虛客套一番，再反問：「現在維綱還在和平東路那邊上班嗎？」維綱學的是建築，在一個建築公司上班。張太太說：「是啊！我那孩子就是拘謹，凡事做了，沒什麼意外，就會一直做下去。」太太們寒暄總是不離固定模式。秋芸接著問：「維綱結婚了沒？我記得上回妳說他的哥哥和弟弟、妹妹都結婚了，憂心他還單身。」說到這裡，看到張太太眼眶忽然泛紅，險險落淚。秋芸嚇了一跳，疑惑自己是不是說錯了什麼？

張太太把眼淚硬逼回去，聲音哽咽說：「妳不知道我先生的事吧？」秋芸嚇了一跳，直覺想到：「難不成她丈夫有了外遇？」張太太應該從秋芸目瞪口呆的反應裡知道秋芸一無所知，於是繼續說下去：「我家老三移居夏威夷，已經有了兩個分別十歲、八歲的女兒，今年六月，忽然又生了個小男孩。我們兩老為此，顧不得疫情，迢迢前去夏威夷幫忙媳婦坐月子。」秋芸嚇了一跳，本能地往後退一步，問：「是染疫了嗎？」張太太忙說：「不是，跟疫情無關。有一天，我先生忽然感覺不舒服，很快地倒下，送到醫院時，已經沒有呼吸心跳，說是心血管爆裂。就這樣無預警死了！」「死了？……我們怎麼都不知道？」秋芸吶吶的，舌頭忽然打結，不知如何安慰，腦海裡瞬間迸出多年前的往事。

約莫十年了吧！張先生的哥哥當時擔任鄰長，每天勤奮地服務里民。常常看見他整理公共區域，或爬上梯子，辛苦地幫忙附近人家伸出牆外的九重葛、蒜香藤剪枝修葉。那時，秋芸還沒退休，去學校前，常在巷弄間尋找前一天不知停放何處的車子，總會跟他打招呼，並說聲：「辛苦了。」沒料到身材偏瘦的鄰長，竟然無預警中風，不久，就走了，留下胖乎乎的妻子。看來，這兩兄弟可能是有那麼一點遺傳病灶在身體裡頭作祟。

公車的數位系統顯示要搭乘的車子還得等八分鐘才到。陽光透過路樹的枝葉直射在張太太略顯灰白的頭髮上，秋芸仔細端詳，這才發現張太太是憔悴了些。秋芸幾近喃喃自語地說：「啊！這麼大的事，我們竟然都不知道，好失禮。……妳不要太悲傷……」張太太急忙反過來安慰說：「妳別這麼說，因為事出倉促，我們先在夏威夷火化，再帶他的骨灰回家，還經過十幾天的隔離，只簡單……也沒舉行什麼儀式。」兩人隨即陷入沉默。

秋芸笨拙地在腦海中搜尋話題，說：「那妳家維綱有搬回來住嗎？」講完，發現有些不妥，已來不及，幹嘛干涉人家的內政！幸好張太太沒介意，只自顧自說：「我就是要搭車去銀行除戶。沒想到人死了，事情這麼多！各種手續好像永遠辦不完，我還去展延了除戶的期限。啊！以前什麼事都是我先生在辦，他死了，我才想到他的好，不該常常抱怨他的。」說到這兒，張太太才警覺似乎離題了，拐彎回來說：「我們維綱倒是很體貼的，其他的孩子都各自成家、有小孩，自顧不暇；維綱雖然還是住在租屋的地方，但是一有空就會回來陪我。昨天拿妳兒子店裡的裝潢給我看。我就跟他說：『你看你同學都結婚生子了，就你一個沒結婚。你爸死前還叨念著說只要你結婚就算了了心事。』」

秋芸很自然地接著說：「其實，現在的年輕人跟我們的想法不一樣，他們很多都覺得不一定得結婚，像我們家女兒到現在也還沒結婚。」

秋芸感覺張太太彷彿眼眸深處倏然一燦，迫不及待問：「對齁！我都差點忘了妳女兒。她今年幾歲？」秋芸注意到不尋常的氣息瀰漫，回說：「比她哥哥小三歲。」張太太彷彿瞬間忘了剛才的悲傷，陡然被注入了元氣似的，興奮續問：「我想起來了，妳上回說她在機場當內勤人員，現在還在原公司嗎？」秋芸說：「早換了幾個工作了，現在在私校教書。」

左前方的電子資訊招牌開出紅盤似地閃出「coming soon」字樣，兩個女人同時站起身，伸長脖子，往車子即將開過來的方向張望，原來兩人等的是同一路的公車。同行的丈夫一些好奇也無，目不斜視，兀自筆直站立，秋芸也由他去。上車後，張太太喜孜孜招秋芸同坐，繼續聊著死生大事。死生是丈夫，大事是兒女；而死生已然分曉，大事卻火苗星點，生意盎然。

張太太沒放過剛才的話題：「那妳的女兒是不想結婚嗎？」秋芸回：「她沒那麼潮，只是沒遇上合適的，學校的老師，適婚年齡的都結婚了。上學、下課，周而復始的，沒什麼機會結識其他人。」張太太眼中的光更亮了些，連忙附和：「我們維綱也是，上班的建築公司員工，年齡相近的都結婚了，他的辦公室裡都是男同事，一個女孩都沒有。」秋芸心裡想：「維綱該不會根本是個gay吧？」張太太彷彿洞悉秋芸的疑問似地，跟著補述：「我本來以為他不喜歡女生，問過他，他斬釘截鐵地回我：『媽！妳是瘋了嗎？沒結婚不代表就是gay。只是緣分還沒到而已，妳不要亂猜測，把人家女生都嚇跑了。』」

好了！癥結似乎都解開了，兩個女人一下子好像得到解放，不知不覺開始謀畫如何讓這兩位孤男寡女在不著痕跡下會面，進而擦出火花。張太太把希望寄託在維綱的同學上，她認為秋芸的兒子既是男方的同學又是女方的哥哥，理所當然該盡一點心力，所以說：「要不要讓妳兒子介紹他們認識？去咖啡廳喝個咖啡或去餐廳吃頓飯？」秋芸連忙否決了這個提議。兒子是她生的，秋芸完全理解他的脾氣，對這種老派的牽線方式，他一向嗤之以鼻，這招行不通。秋芸跟張太太明說：「我兒子一定會說現在是什麼時代了，沒有人在相親的啦！妳就把妹妹的Email或LINE給維綱，讓他們自己去聯繫就好了，這樣比較自然，我才不跟你們瞎攪和。」張太太聽了，有點為難，說：「維綱很『閉俗』，就是因為太害羞才到現在都沒能找到女朋友，要叫他主動跟不熟悉的女孩寫信，可能性太小。」

這不行、那太難，說來說去不得要領，秋芸眼看就快到站了。張太太忽然靈機一動般，出了個主意：「妳記得我先生還在的時候，有一次我們曾在家裡附近的小公園巧遇？乾脆找個星期假日，維綱回來看我的時候，我們偷偷先通個電話，然後各自邀約兒子、女兒下樓去散步，讓他們來個不期而遇，隨便聊。這樣是不是就比較自然？」

「這樣不自然的安排居然說是比較自然！根本是古早年代後花園贈金的戲碼重演。」秋芸心裡嘀咕著，卻也不好意思反對。就在此刻，丈夫從後座起身說：「到站了。」張太太也慌忙說：「啊！我也到站了。」三人相繼下車。原來她們不但起站同，終站也相同，好湊巧。

張太太走在前頭，踏著輕快的腳步走過斑馬線。秋芸看著她載欣載奔的背影，心裡一動，莫非良緣天定？不知為何她馬上聯想起去年折騰很久的一件事。建設公司建議他們比鄰居住的兩幢大樓合併都更，卻無論如何都喬不攏，聽說關鍵就在張家。一絲奇異的念頭忽然閃過：「如果這兩個孩子真的情投意合，都更是否因此會有轉機？」

那晚，兒子回來，秋芸將這次與鄰居巧遇的趣事說給他聽。當秋芸終於說到她們同站下車時，兒子竟然神奇地靈犀相通，駭笑著說：「也許真的是『coming soon』喔，那我們家的都更想望，不就往前邁進了一步？……這個故事可以寫進今年的春聯。上聯『悲劇始』，下聯『喜事

終』。橫批『都更有望』。」

魔幻的午後，兩個女人在短暫的四十分鐘內，一起做了個由悲轉喜的美夢。

——原載二〇二二年二月一日《鹽分地帶文學》

言人人殊的評審

在一次的文人聚會中，大夥兒不知怎地，談起彼此認識的時間及場合。我問座中一位熟稔的知名學者：「我們認識好多年了，但我怎麼也想不起來是怎麼認識的，你還記得嗎？」那位學者忽然激動起來，說：「我記得可清楚了，是在一次文學獎的評審裡。在攻防之時，我只要說哪一篇好，妳立刻翻出其中一段當場念給大家聽，然後說：『你們覺得這段的修辭沒問題嗎？』或『這裡的轉折不會太突兀或太不符邏輯嗎？』當時，我覺得妳好悍！」我聽了大吃一驚！一直自以為是個容易商量的人，但從他的語氣裡透露出自我理解和別人認知有著明顯的落差。

認真說起來，每個評審都有屬於自己的文學養成背景和偏愛的創作風格，所以，理所當然，也都有各自的評分標準。有人著重文章理路的邏輯；有人偏好文學技藝的展演；有人斟

酌情感表達的濃稠；也有人聚焦議題的新鮮、前衛或保守、傳統；更有人在謀篇裁章上百般營求或介意錯別字的基礎工……，各人執著的點、線、面本來就有差異。我的評審經驗大體算是豐富的，但也難得看到初次投票就獲得一致支持的首獎。所以，「不同的評審組合，可能產生不同的名次」的說法，大抵是存在的。決審名單揭曉後，發現在複審中勉強被搶救上來充數的作品，竟在最後的決審中奪魁的，也是時有所聞。

評審通常分三審，初審大部分由主辦單位負責資格審；複審和決審則各有其艱難之處。複審算是把關，如果應徵作品程度參差，當然抉擇不難；如果參賽的篇數龐大，可就讓複審委員看到七葷八素，眼睛差點脫窗。然而，從另一角度看，複審的入圍名額較多，抉擇時心理壓力相對較小。決審關乎勝敗，名次攸關榮譽和獎賞，茲事體大，更得步步為營。何況，最後的決審紀錄通常還會公布周知，評審者的發言，也得接受閱聽大眾的公評。雖說評審意見言人人殊，但也得析論深刻、角度周全才能服眾。

有趣的是，評審過程經常峰迴路轉，當入選作品的程度相仿時，名次常常是「爭辯」出來的。哪位評審最具遊說能力或最有心，他所支持的文章，通常最容易得獎；而遊說能力繫乎評審者的學養、評閱的認真度、辯詰交鋒時的堅持力和自信心，所謂：「吾心信其可行，則移山填海之難，終有成功之日。」當然，這幾個條件，又常和審閱作品的時間及斟酌思考的細膩捆綁在一塊，也和持不同意見的評審對手是否有「鬥志」大有關聯。

有時，評審急於為自己青睞的文章爭取，除了指陳該作的秀異出眾處外，不免也會多方挑剔或誇大與之競爭者的弱點，語言交鋒不免淪於尖刻。評審結束，怕重話傷人，還會叮嚀記錄者稍稍幫忙藏點兒鋒刃，以免辯論時的銳利言論公布後，對參賽者造成致命的打擊，反而失去舉辦徵文來鼓勵寫作的初衷。

我曾經歷過無數次的激烈評審，幾近廝殺。最嚴重的一次，從下午兩點直殺到天黑，五位評審一路糾纏辯詰。決勝負時，雖經反覆遊說、投票、同分，再遊說、改變投票級距投票，卻神奇地一再難分高下。直到兵疲馬困的晚間近七點才以些微之差，勉強分出軒輊。結束時，個個口乾舌燥、不知今夕何年。那日，非常奇妙的，一位評審開車回城裡，邀我和另一位評審搭乘他的便車；我們坐車裡還忍不住激辯著，車子居然就在半路拋錨，彷彿連車子都餘怒未消，負氣拒載。沒有攜帶雨具的我們，被迫在陌生的城市角落下車接受雨水的洗禮，雨勢雖不大，一腦袋的渾沌發熱卻頓時變得清涼無比。

評審除了攻防激烈讓人印象深刻外，不諱言，也常有意外狀況出現。譬如：久候不至的評審，原來記錯時間、走錯路；聲明得提早離席的評審，為趕赴其他活動，不惜虛與委蛇，縮時開溜；也曾遇過不敬業的評審全場不知所云、窘境頻出，顯然沒功夫看完稿子；還有明知須到場評審，卻只傳真過來評審結果，缺席現場討論；也有誓不兩立的評審，發現竟然得跟仇人同台論道，拚死不就範，臨時拒審。聽說也有性格剛烈者不服多數決，銜恨拂袖而去，抵死不承認公決結果。有些城府較深，為保住青睞的文章上榜，會採取策略性投票，在名次或分數上百般算計。譬如：反正公認的好文章上榜無虞，就將最高分投給不獲別人支持的最愛，保住該文得以異軍突起；另有以折衝見長的評審，慣在關鍵時刻不惜送出橄欖枝，捨此就彼，和別人交換支持的文章，以謀取雙贏……林林總總，真是不勝枚舉。

台灣的文學獎五花八門，文化部、國家文學館、國藝會、報刊雜誌、各縣市文化局、各級學校及門類眾多的基金會……都廣設獎項，評審的需求量高。但台灣不大，一旦不敬業的風聲傳出，主辦單位為免意外發生，通常會將這些糗事常傳的評審列為拒絕往來戶以降低風險。幸而，我雖然小事迷糊，大事不逾矩，至今為止，似乎尚未被列入不受歡迎的名單。其實，也只能以「似乎」自high，實不敢確認。

——原載二〇二二年二月六日《聯合報・繽紛版》

輯五　希望能做一樣的夢

希望能做一樣的夢

甫上小一的小孫女諾諾，一晚要求我陪睡。她偎在身旁，跟我請求：「阿嬤，我們今天晚上一起睡覺，一起做夢，希望能做一樣的夢，妳的夢裡有我，我的夢裡有妳，我們在夢中一起遊戲，好嗎？」我覺得這樣的想法真是新奇又甜蜜，立即欣然應允。諾諾又接著說：「第二天醒來，我們要互相報告做夢的內容，看看是不是在同一個夢裡，妳覺得怎麼樣？」於是，兩人並肩同枕睡覺，期待出現在對方的夢裡。

次日，我因為前一天太早睡了，凌晨四點多就醒來。六點多，兩個小朋友很有默契地同時起床。我問諾：「妳有夢到阿嬤嗎？」諾睡眼惺忪回說：「我沒有做夢欸。阿嬤呢？」阿嬤說：「啊！我很幸運夢到妳們兩個咧！」諾問什麼樣的夢？我說：「很棒的夢，但妳們得趕緊吃早餐，搭車去上學，等妳們星期二再來的時候，我才來說說我做的夢吧！」

兩天後，孫女又來了，諾諾沒有忘記阿嬤的承諾，追問我到底做了什麼夢？我說：「我做了一個很累的夢，先是跟姊姊學跳舞，一直被糾正錯誤；接著夢見跟妳一起賽跑，老是輸給妳。一次一次地跳，一次一次地跑，累到氣喘吁吁，所以，早上四點就提早累醒了！」

諾諾聽了，認真宣布也要說說那天的夢。她的姑姑和我同時驚訝問她：「妳不是說那天沒有做夢？」諾諾慢條斯理回：「我那時候剛起床，迷迷糊糊的，一時沒想起，後來去上學的途中，我才想起來。」

她說的夢是這樣的：「大家一起在這裡吃飯。」她還指客廳，說：「我說的『這裡』就是阿公阿嬤住的家；『大家』不只是阿嬤、阿公、姑姑和爸媽喔，還有婆婆、舅舅。」接著說：「大人在後面的飯桌上吃飯，人太多，都滿出來，所以我和姊姊搬了小凳子到客廳的矮桌子上吃。後面的大人不知什麼時候默默吃完飯，都到客廳來聊天，我們還是繼續吃。吃完，刷了牙，上床睡覺。第二天醒來，我跟姊姊穿上制服去上學。在學校裡，跟許多小朋友玩，考試也考一百分。下課後回到阿嬤家，阿嬤給我拍手，忽然我就醒來了。」

我驚嘆孫女的夢好長，居然延續到第二天的黃昏。夢中的世界好圓滿，所有的親密親人都團聚一堂，還延伸到學校的人際關係跟課業進展。我無法確知這個夢是真實發生，還是出自諾諾的想像杜撰，無論如何，它點出了孩童心中的美滿願景。

我由是聯想起她的姊姊海蒂在三歲多的時候，跟著阿公阿嬤回潭子老家，可能是和父母的分離焦慮吧，一早海蒂醒來後，在床頭愣坐片刻，忽然告訴阿嬤：「我做了一個夢。」阿嬤驚訝地問：「妳這麼小就做夢，難道妳還記得做什麼樣的夢？」海蒂很篤定地說：「記得啊！我在夢裡走路回台北了，我沒有搭高鐵，一直走、一直走，腳好痠。到了台北見到爸拔、媽媽以後，又走路回潭子。見到阿嬤後，抱住阿嬤，就醒來了。」

才三歲多的孩子記得做了夢，還能清楚說出夢的內容，已經夠驚人了，更值得同情的是那個夢讓她經歷多大的辛苦！由台中走回台北，又從台北走回台中。我趕緊蹲下身子，拉起她的兩隻腳丫子檢查，很高興地說：「幸好腳沒有走破皮。」兩人都額手稱慶。但我其實是好心疼的，她想必是太想念爸拔、媽媽，所以才在夢中不辭辛勞提前走路回台北家裡看一眼爸拔、媽媽，但因捨不得讓阿公、阿嬤失望，才又一步步走回潭子老家的。由此可見，孩童對家人團聚的企慕源自於天性，實踐於生活中，連夢裡都繫念著。

唐代傳奇裡，有好幾則關於夢的楊林系列小說，譬如〈南柯太守傳〉、〈枕中記〉及〈櫻桃青衣〉等作品，都用夢的書寫，折射出唐代社會對理想人生的刻畫；在歷經人世榮華窮達、富貴貧賤後，都憬悟功名如浮雲，只有尋仙訪道，絕跡人世才能得到救贖。但現世裡，大孫女跋山涉水及我向孫女求教、賽跑的夢，都象徵家人相互靠近的努力，雖然不免疲累，卻必有所得；而小孫女的聚合同夢的企求，正是人們經過努力後終歸圓滿的實現。如此說來，相較於唐人的虛無徬徨，小孫女的團圓夢，是多麼務實簡樸，又是多麼天真可愛！

——原載二〇二〇年十月二日《停泊棧》

敵人不見了！

上小三的孫女海蒂告訴我：「我的國英數都不太好，媽媽想幫我找自學方案。但媽媽說還是尊重我自己的想法。」

我直覺應該不是成績好不好的問題，她爸媽沒那麼重視成績，應該另有玄虛。問她：「學校有什麼困擾嗎？」她說她的老師總繃著一張臉，一點幽默感也沒有，全班同學都很焦慮，連英文老師也凶巴巴的。有個同學為了取悅老師，說了個笑話，還被叫到後方罰站。

她這一說，我才想起，每次跟她玩扮演遊戲，只要她一扮演老師的角色，她立刻變得聲色俱厲，不停地訂規矩，要求學生嚴守，等閒不肯放過。幾次下來，我曾忍不住問她：「阿嬤當老師三十多年，從來沒用過這麼嚴厲的話罵過學生，妳這是從哪裡學來的？」她說：「當學生就要守規矩。」

我於是很務實地開解她：「這世界原本就有不同的人，有人風趣些，有人無趣點兒。像妳的一、二年級老師就是有趣的人；三年級運氣差一點，遇到無趣的。學校的組成就跟這世界的組合一樣，將來妳長大了，出到社會做事也不可能全遇上有趣或聰明的人。所以，學會跟嚴肅或無趣的人相處，也是一種重要的學習。妳總不能一遇上妳不喜歡的人就逃走一次。」

我擇要問她：「重點是，老師有認真教書嗎？」她想了想說：「老師是滿認真的啦，可是……」我當然理解遇到嚴肅、無趣老師的困擾，但是，還是設法寬慰她：「人沒有十全十美的，當老師的既然有認真教書，重點就算是抓到了。我們要不要多看看她的優點，不要一直看她的缺點？像阿公不是也比較無趣，妳們不是放棄找他一起遊戲、唱歌或跳舞給他看，但仍然肯定他很勤勞，感謝他為妳們做飯、送妳們上學、切水果給妳們吃？」

海蒂聽了，轉而說：「老師還是其次，有一位討厭的男同學，老是羞辱我，看到我的英文考卷成績不好，就嘲笑我：『這麼簡單的考卷也考這種成績！』我真的很受傷哪。」我跟孫女同仇敵愾說：「妳的成績好不好，干他什麼事！真是無聊。這種無聊的人，妳別理他就好了！」剛講完，我就意識到自己正重蹈我母親的覆轍。小時候，我被欺負了，回家告狀，我媽也老是跟我說：「為這種小事生氣幹嘛？妳別理他就好了。」當時，我是多麼失望母親不拿這當一回事，隨便打發我。正後悔著，海蒂又委屈地說：「但他就是一直跑過來跟我講，我真是煩死了。」

她接著說：「那位同學去年才從美國回來，他的英文是很好。」我說：「難怪他英文好，妳姑姑念到高中，英文還是很爛，去美國讀書一年回來，英文可流利極了。下次，他再這樣說，妳可以跟他說：『既然你的英文那麼好，可不可以教我？』」孫女立刻回：「我才不要跟他學咧！他更要了不起了。」阿嬤連忙獻上第二計：「那要不要直接給他嗆聲回去說：『若我跟你一樣住過美國，英文應該也不會比你差。何況每個人的專長不同，英文我也許一時間比不過你，但你敢跟我ＰＫ跳舞嗎？』」海蒂說：「我不好意思這樣說。」我好奇問她：「那當他那樣說妳的時候，妳是怎麼反應的？」海蒂說：「我雖然不理他，默默走開，但心裡很難受。」

阿嬤心疼極了，決定支持她，並提供她一些較具體的作法：「妳默默走開當然也是可以的，就怕他以為妳好欺負，不時就來戳妳一下，就真的很討厭。也許妳應該讓他知道妳不喜歡他這樣講。」於是，我教她以直報怨：「妳要用很酷、很嚴厲的表情警告他：『我最後一次告訴你：以後請你不要再這樣跟我說，我很——不——喜——歡。』」

為了給她打氣，我還要她跟著練習一下。她真的睜大眼睛，練習用很酷的表情說：「最後一次警告你：以後請你不要再這樣跟我說，我很——不——喜——歡。」她還特地將「告訴」改成「警告」二字，以示決心。

練習一次後，她說她還是不敢，因為男生看起來很凶。我忽然想起一樁往事，說：「那男生說不定是喜歡妳，不知道怎樣表達。有人是用這種方式想引起喜歡的人的注意的。」

我跟她談起我小時候被欺負的故事。一位小朋友老跟在我後面喊我「猴子」，造謠男生喜歡我，說其中有個男生中秋節還到我家來送月餅，害我每天心情都很糟，常常哭。我不明白她為什麼這麼喜歡作弄我，到底是有多討厭我。直到前些年，我去台中圖書館演講，看到她，我記仇，想起往事，忍不住當場把她說了一頓，問她到底為什麼那麼討厭我？她居然囁嚅地說：「哪有！人家那時候好喜歡妳，還記得妳手腕上常紮著一條小手帕，好可愛，我好想接近妳，但是沒有信心，不知道該怎麼做。」我聽了，才知道天下居然有這樣示愛的傻瓜。

海蒂認真聽完，說：「我媽就說我沒信心，她要讓我建立信心。」我說：「當年我很傷心，跟媽媽告狀，我媽覺得我無聊，為小事傷心，沒支持我，我因此更傷心，也變得沒信心。現在，妳的狀況不同，全家人包括妳爸媽、阿公、阿嬤、姑姑都支持妳，妳根本不用害怕，要勇敢面對。不然，妳越退縮他就會越欺負妳，以後別人看了也學他，就糟糕了。我們就從這位男生開始反擊，以絕後患。」我還跟她解釋「以絕後患」的意思。

我說著、說著，忽然有點感傷，不禁眼眶都紅了。以為早已療癒的幼年傷口，似乎又緩緩皸裂開來。我抑制住紛亂的情緒，用力給孫女打氣：「何況妳的長處很多，舞，跳得好；畫，畫得棒，妳的反應靈敏，又聰明體貼，有哪個小孩像妳一樣棒！妳應該有自信一點。無論有沒有找到自學方案，都要信心十足。」

海蒂沒說話，但原本低著頭的她，抬頭看著我的眼睛，怯生生跟我說：「那下次我來試試看吧。」

過了一陣子，我在黃昏去學校接海蒂下課回家時，忽然又想起這件事，問她此事後續發展如何。海蒂說：「自從那天以後，我每天都準備好他如果又來欺負我，我就要狠狠瞪他，警告他；但不知道為什麼，從那之後，他就再也沒有譏笑我了，我白白準備了。」

武器跟心理都準備好要應戰，卻發現敵人不見了，這又是一種什麼樣的心情呢？我不禁好奇起來，但海蒂卻歡快地跑開了。

——原載二〇二一年七月一日《鹽分地帶文學》

慶幸困頓總是容易被遺忘

疫情橫掃台灣，百業重創，兒子的「行冊餐廳」也遵照政府法規，暫時避門謝客。然而，也不能就此束手就擒，房租要繳，員工薪水要發，生活總得找到轉彎處。既然客人不能上門，殫精竭慮後，決定乾脆將餐點處理成冷凍料理包，在臉書上露出，供人預訂；然後，宅配到府，沒料到反應意外熱烈。

斟酌菜單、試菜、增添設備、冷凍包裝、文宣上網……一場蔓延的瘟疫，既鍛鍊著人的意志、也考驗著年輕人的應變能力。家裡的兩位小朋友——念小三的海蒂和念小一的諾諾，也湊熱鬧似地在爸媽忙到爆的節骨眼，開始接受線上遠距教學課程。沒奈何，只好送到阿公、阿嬤家，讓我們接手督責，以便他們全力拚經濟。

從未在阿公阿嬤家日夜久住的孫女，在第三天開始思念媽媽。諾諾在姑姑耳邊輕聲說：

「我好想媽媽，我想回家。」姑姑開解她：「想媽媽是一定會的，但現在回家，媽媽也不在，她在公司忙翻了。」

她們的爸媽原說好星期五晚上來接她們。星期四晚上，海蒂和諾諾自我安慰：「明天就可以回家了，我們真的好想念爸媽。」大人都為孩子的繾綣感到不捨，附和著說：「是啊！明天就可以看到爸爸、媽媽了。」阿嬤加碼說：「阿嬤也想念我的兒子和媳婦。」

一日仿若三秋，終於熬到了星期五黃昏。諾諾說：「爸媽按門鈴的時候，能不能讓我幫他們開門？」阿嬤為了她的痴心，保障她的開門權，叮囑一向勤快的阿公不要越俎代庖。

晚上八點，阿嬤的手機響起，諾飛奔過去，一看來電顯示媽媽的名字，歡快接起。一會兒，臉色大變，開始嗚咽、啜泣，接著大哭。由擴音模式的手機中知道，北部宅配業不堪負荷，集體宣告停止冷藏食物的宅配服務。如晴天霹靂般，瞬間打亂了出貨時程。但訂單已收，一諾千金，這些天，兩夫妻都只好硬著頭皮自行開車配送。

糟糕的是，不但沒辦法在預定時間來接孩子，因為幾次迷路，自送耗時，甚至得將時間延宕一日，也就是小朋友得在阿公家多待一天。諾諾大受打擊，號哭不止，要求跟父母同行去送貨；姊姊海蒂看妹妹哭得傷心，趕緊取一包面紙，頻頻為妹妹拭淚。妹妹不領情，把姊姊拭淚的手揮開。姊姊不以為忤，仍緊抱妹妹安慰。阿嬤說：「妳們倆年紀小，抵抗力低，萬一不小心送貨時被傳染，就糟糕了。」諾諾雖然哭得悲慘，思路卻還清晰，反駁：「爸媽送貨若被傳染，回來還不是會傳染給我們，我現在就要跟爸媽一起去。」一副誓死共赴國難的氣勢。

全家人好說歹說，好不容易才讓哭累的諾諾就範，海蒂則從頭到尾只抿著唇、紅著眼眶、拍著妹妹，讓人看了鼻酸。

為了彌補大人無法信守承諾的過失，阿嬤宣布晚上二姝可以自挑一部電影觀看。姑姑忙去小七買零食，阿公仿電影院布置桌椅，小朋友挑宮崎駿的動畫片《龍貓》。小朋友看得入迷，逐漸忘記傷痛，談笑如故，阿嬤這才鬆了一口氣。

次日早餐閒話家常，阿嬤特意朝二姝說：「昨晚，妹妹啼哭不止，阿嬤沒有罵她，還用看電影、吃點心補償，是將心比心，知道妳們有多麼想念爸媽，為了爸媽沒有在約定時間帶妳們回家，有多麼傷心，所以昨晚是補償大人不得已的失信。但要提醒諾諾，如果以後無理亂哭，阿嬤阿公絕不會也這樣優待妳們，知道嗎？」妹妹低頭稱是。阿嬤特別表揚姊姊友愛妹妹、疼惜父母，誇獎她已經長大，會體貼爸媽的辛勞。姊姊說：「其實，我比妳們任何一個人都能理解妹妹的傷心，我難過得眼淚都快流出來了，只是勉強忍住了。」

阿嬤也跟她們掏心掏肺說：「其實，這樣的心情姑姑應該最清楚。阿嬤以前在軍校當老師。軍校的暑假很短，所以上幼稚園及小一暑假都把妳姑姑放在台中的外婆家，我們周末才開車回台中看她。每次星期日傍晚要開車北上時，我就跟昨晚妳們的媽媽一樣，萬分捨不得；而跟現在妹妹一樣大的姑姑，總是邊流淚邊自我安慰：『我不能哭！爸爸、媽媽要回中壢去教書、上班，我們才有飯吃。我不能哭！是不是？媽媽。』邊說，眼淚邊嘩嘩流下。我看了，心都碎了。」姑姑卻笑著說她都不記得了。

好慶幸人生的困頓，多半都會隨著歲月流逝而遺忘，留下的，一逕是美好的回憶。我們深信：疫情帶來之痛，肯定終將成為過去。

——原載二〇二一年七月一日《停泊棧》

許孫女一個更美好的未來

今年奧運特別熱鬧，疫情蔓延太久，大家亟需另類活動來一新耳目，加上在東京舉行，時差只一小時，台灣觀眾不必熬夜觀賽；更重要的是這次參賽的台灣選手實力堅強，民眾感覺勝券在握，充滿奪金的熱切期待。

果真不負眾望，金、銀、銅牌陸續到手；就算沒能得到獎牌的，也紛紛打破各項紀錄。疫情籠罩的時刻，大夥兒在電視前圍觀，難得不再藍綠對峙，全國有志一同，就像家裡辦喜事一樣，「贏了開心，輸了擁抱。」這種熱情與從容的氣度，令人打從心底歡喜。

自從疫情席捲以來，世界可以說是做了一場翻天覆地的改變，無論食、衣、住、行、育、樂都考驗著人類的智慧。台灣人一路戰戰兢兢配合防疫，戴口罩、勤洗手、不群聚、保持安全社交距離……；但百密難免一疏，曾因出現漏洞而進入三級警戒，但經過艱難補救，疫情已日益趨緩。大體說來，較諸其他國家的哀鴻遍野，台灣的防疫相對安全是無庸置疑的。

三級疫情警戒甫宣布，各級學校立刻啟動線上教學。當時，資源匱乏的東部偏鄉出現電腦不足的呼籲，熱血民眾有的抱著舊電腦去應急，有的捐款認購電腦支援，台積電看到FB上的訊息，也即刻認捐響應。這讓我不由得想到幾年前我發願到偏鄉義講，常在校園內看到台積電員工利用個人假期去輔導學生課程；奇美也慷慨將樂器借給偏鄉孩子使用；如今疫苗不足，台積電、鴻海、慈濟等也都千方百計設法購買，幫民眾解決燃眉之急。這些充滿社會關懷的企業存在，真是國家之幸、百姓之福。

另一項台灣驚奇，是視訊教學在短暫時間內順利上手，顯示了教師訓練的提前布局和學生的聰慧、對3C產品的熟悉。因為家有小一及小三的孫女各一，依我對孫女上課狀況的觀察，一開始師生雙方都可能有些生疏，或老師操作失當造成無預警斷線；或學生糊塗進不了教室；或進了教室後沒遵守規範導致秩序欠佳，但到第二星期似乎一切都上了軌道，據聞效率讓許多國外的學者嘖嘖稱奇。

接著，我進一步發現課本的精進頗讓人驚豔。選文不再陳陳相因，以「國語」來看，所揀選的文本已打破門類藩籬，語文或非語文的生活智慧都囊括在內；「社會」開始關照時代變化，引發學生對周遭環境的注視。認真的老師還穿插許多延伸知識，適度啟發聯想。學生一本在手，應該都能從中得到多元的啟發。

重要的，還有師資素質提高許多。資訊公開的時代，教學多了許多方便，老師講課中，不時插入照片跟小影片，很具體也具說服力。雖然是遠距，但可以在視窗上看到其他同學及老師的臉。發言時先按鍵，由老師就按鍵先後指定發言，秩序井然。作業公布在classroom裡，一清二楚。老師多能將課文內容，抽絲剝繭，逐層漸入解析，精準把握文章的要旨外，還引導學生做開放性十足的思考。教室裡，不再只是老師的一言堂，師生的雙向溝通呈現出更多元的學習。我看著大孫女海蒂一開始忐忑、安靜，經過鼓勵後，終於突破，逐漸勇於舉手作答、參與討論。

因為這種開放式的思考啟迪，上了國語課後，海蒂會主動尋找相關知識，譬如上

了〈拜訪童話大師的故鄉〉後，興致勃勃去找地球儀上的丹麥在哪裡？主動去Google課文中提到的莎士比亞和《哈姆雷特》；當然也沒忘記將書櫃上的《安徒生童話》拿下來複習。上完社會課後，會應用學來的知識與討論方式，結合現下的時事，拋出問題向大人討教。譬如孫女就曾問我：「妳覺得這麼多地方打疫苗，哪個市長做得最好？」「從哪裡看出他做得比較好？」「什麼是宇美町式疫苗打法？」「立陶宛為什麼要送我們疫苗？」顯見習得閱讀方法，就能向外開拓出更豐富的知識。

幾堂課後，大人咸認：「其實遠距教學還真不錯！清清楚楚，學生可能還比較能專心。」海蒂也很高興地說：「最好的是，老師都變得好溫柔。」真一語中的。身為老師的我，深有同感；家長環伺的狀況下，變得有耐性又慈祥是必然的。更驚訝的是，小一的小孫女竟然被允許不用跟班上線，而可以自主規畫學習課程，有更大的探索時間及空間。線上學習原本是補救方案，卻意外開出另外的花朵，誰說不是塞翁失馬！

平日閒聊時，很多人常感嘆教改只是添亂，事實證明不停推陳出新，才能攪動杏壇的死水；時代飛速向前滾動，我們深信：「變，不一定成功；不變，絕對是失敗。」未來對偏鄉資源若能多加挹注，富助貧、強濟弱，相信資源必定日趨公平；德智體群美五育並重的教育，讓原先的所謂智育精英不再得到獨寵，「萬般皆下品、唯有讀書高」的思維勢必逐漸被顛覆，學生得以順性發展。學校不放棄任何一個孩童，讓他們都能獲得適當的培養，撕下「放牛班」的標籤，許多的孩子都因此得到救贖。

對奧運選手多日來的表現，作家黃麗群曾作了很棒的注解：「落敗時從容，勝利時燦爛。」而觀賽的民眾，也能同理選手的心情，肯定他們的盡心與盡力。台灣不再只以成敗論英雄，我覺得得歸功於整個國民自信心的建立——教育理念的轉變、教育方法的精進及「五育並重」、「因材施教」教育的落實。

奧運的意義，最可貴的不在於得了多少獎牌，而在於選手參賽的不卑不亢態度，每位小將都自信開朗，和各國選手融洽相處。麟洋晉級四強那一戰，賽後麟洋主動向前，向印尼傳奇球王鞠躬致意，這一幕感動了多少人！輸給德國選手奧恰洛夫的小林，還得到前世界球王拍肩盛讚「你很棒！」射箭奪銀，台、韓、日選手一起開心合照；湯包射下韓國高手，韓國網民竟讚美：「好可愛的台灣選手，這麼緊張又超準，請一定要拿下獎牌……」我們的選手出門，不只是跟世界比體能，更是比「教養」、拚外交。民主的示範是：「在台灣，沒有一位選手，需要為了比賽失利、沒有得到金牌而道歉；也沒有一位藝人，需要為了支持自己國家的選手而道歉。」

長江後浪推前浪，從職場上退休後，我別無所求，只期待能許孫女一個更美好的未來。

所以，我退而不休，還為台灣的教育繼續努力。

——原載二〇二一年八月三日《停泊棧》

疫情期間的超前部署

疫情以迅雷不及掩耳之勢來襲。五月十六日，兒子全家回來，說要提前部署，兩位孫女自次日起不去上學了。這倒提醒了我。夜已深，我寫了封簡訊通知清潔的阿姨：

「近日疫情嚴重，明日起兩周四次的清掃，我們都自理，妳就不用來了。為了彌補妳的損失，這四次，我會每次都折半價六百元，兩個星期後，疫情若趨緩，妳再來時，我會一併給付。剛剛想起，今天太晚了，不好意思打電話打攪妳，所以，寫私訊。請見諒。」雖然是為了提前部署，以減少移動，「但清潔阿姨不知道能諒解嗎？」我還是不免這樣想。

次日，分別上小三和小一的孫女自行請假，沒去上課，人事行政局竟然也隨後公告小學生不用去上學。但兩個星期過去，疫情不減反增，政府宣布三級警戒再度延期，但清潔阿姨還是冒著雨過來。外子下樓去和她說：「疫情眼看一時還無法終結，我看清潔的事，暫時就先停止，將來若有需要，我們再電話找妳。」外子除了先前說好的四次沒來，折半給付的兩千四百元之外，還另外給她一個紅包，補助她因為未來幾個月可能無法工作的部分損失。

為了此事，我們夫妻商量了又商量，如何讓她的損失降到最低。但無論如何，這樣的災難，怎麼做都無法做到最初的圓滿。我躲在樓上，覺得愧對伊人，不敢下去見她。想到她也許已經上了會，會錢會不會因此繳不出？也許她就靠這份打工的活兒養著家裡的弟弟，曾聽她抱怨家裡剩了個宅在家的弟弟，從年輕時就不肯好好幹活，連自己的屋子也搞得一團亂，髒兮兮的，講也不聽，很傷腦筋。有一次還跟我打聽，這樣的狀況怎麼辦？社會局會有什麼方案可以幫忙她弟弟嗎？

她自己雖然看起來還健康，但未婚的她，已經年高卻還彎身做著粗活兒，有時不免露出吃力的蹣跚。多年前，她來應徵工作，用口罩遮臉。外子冒昧問她年紀，她回：「可否容許我保留這個問題。」我打岔解圍，半開玩笑跟外子說：「你真是無聊！不知道女人的年齡是祕密嗎？」事後，我怪責外子，外子說：「我們請人來清掃，當然應該知道她是否能勝任，她不該拒答年齡的。」

他這一說，倒讓我想起十幾年前，我們第一回雇用清潔阿姨時，那位阿姨工作了不到半個鐘頭，臉色變得蒼白，扶著桌沿吃力地坐到椅子上喘息。一問，原來上星期才開過刀。結果換成我拖地，她擦桌；我奉茶，她舉杯。年富力強也許真是這行業的必備條件。

後來，我在四樓陽台上跟清潔阿姨默默告別。遠遠的，看不清她臉上的表情。她遞過鑰匙，拿過工資與紅包，穿著雨衣，轉身騎車離開，背影看起來好滄桑。

「啊！這世界總無法盡如人意。」我不禁喟嘆著。

次日，我在電話中跟媳婦聊家常，說疫情蔓延期間，小朋友不去學校，每星期會住在阿嬤家五天，孫女的花樣多，我精力有限，應該會招架不住她們變出的各種把戲。講到這裡，我靈光一現，開玩笑說：「她們既然活動力強，清潔阿姨不來的這段期間，小朋友正好來頂她的缺，派上用場幫忙我和阿公打掃。」在擴音電話那頭聽到孫女們居然當真且歡呼不已。

兩位孫女從小喜歡幫忙做家事，從曉事以來，口頭禪就是「我來！我來！」黃昏時分，我起身走向廚房，她們一定尾隨問：「今天有什麼我能幫忙的？」「我可以幫忙摘菜嗎？還是洗菜？」姊姊六歲的某一天，兩個小人兒早起在洗手間刷牙、洗臉，朦朧間我聽見姊姊壓低了聲音跟妹妹說：「講話小聲點，不要吵醒阿嬤，我來煎蛋餅給妳當早餐。」從那開始，準備早餐幾乎變成她的家常。妹妹喜歡模仿姊姊，也跟著學。阿嬤做飯時，她拉把椅子到水槽前，幫阿嬤洗菜、摘菜；兩人輪流跟姑姑拎垃圾一起到樓下追垃圾車。

跟媳婦煲完電話後，她們幾次回來，孫女都問我何時開工。我延挨著，只微笑著說：

「再說吧，也許再過幾天。」一晚，我陪她們玩過Xbox 360運動遊戲機後，正氣喘吁吁，諾諾還問到底何時開始清潔，為什麼老是不開始。我就不相信她們的體力用不完，於是，不客氣地將吸塵器、拖把、抹布統統取出，請各取所需，輪流使用，一時之間，二孫一嬷，三人總動員。

一開工，才知我不但低估了她們，也低估了自己的能力，原來力氣是越用越源源不絕的。諾諾比姊姊海蒂還猛，也更具持續力。她很快拿著拖把認真拖地，我們的吸塵器中道崩俎，只好拿著室內掃把先聚集脫髮、細屑……，再讓諾用濕拖把先拖一次，海蒂再用乾拖把再拖一次，我再補拖一次。居然乾乾淨淨了，我披頭散髮，二姝依舊生龍活虎。

姑姑次日要早起上班，先睡了；涼涼坐一邊修理吸塵器連結管破洞的阿公，居然說：「這樣還滿好的，有孫女幫忙，以後乾脆就讓阿姨不用來了，孫女每次來，我們就一起整理，順便健身。」二孫女居然欣然同意。我說：「徵用不合法童工是會被社會局關切的，搞不好還會被關起來。」小朋友問：「為什麼？」我說：「法律規定，不能雇用年紀太小的小孩，否則就犯法。如果妳們有跟阿姨一樣拿薪水，就不行；……但如果只拿一點點零用錢應該沒關係。」

兩人聽說後，對零用錢發放與否一點不介意，頻說一毛錢都不用。這一點，滿出乎我意料之外，孫女的爸爸比她們現在還要小的時候，就一心致力賺錢，希望將來做個總經理；幸好孫女沒有遺傳到她爹對金錢超前部署的毛病，而顯示出對家事參與的高度熱情，差堪告慰；而我是不是得承認在這一點上，兒子對他女兒的教育明顯優於我對兒子的。

——原載二〇二一年八月二日《人間福報·副刊》

海蒂的智慧財產權之爭

七歲的妹妹諾諾對九歲的海蒂姊姊極為崇拜，姊姊做什麼，她就跟著做什麼。姊姊去學跳舞，她也跟著去學，變成舞蹈班最小的成員，她努力跟上，不服輸，學了後也跳得有模有樣；姊姊喜歡畫圖，妹妹不會畫，她對樂器比較在行。但為了跟姊姊一樣，她寧願放棄彈琴，改畫畫。姊姊畫什麼，她就跟著畫什麼，有時依樣畫葫蘆，有時稍加變化；姊姊有什麼，她跟著要什麼。姊姊是她的偶像，她要跟偶像看齊。

姊姊不喜歡被妹妹黏黐黐跟隨，常跟爸、媽和阿公、阿嬤抱怨：「為什麼諾諾老是要學我，我好討厭她這樣。」有時候甚至氣到哭。阿嬤勸慰她：「妹妹就是愛妳、崇拜妳，才想學妳，希望跟妳一樣，妳不是應該感到榮幸嗎？妳幹嘛那麼介意，妳這樣是不是有點小器哪？」

「我才不覺得榮幸！被模仿的感覺很煩捏。」海蒂氣憤抱怨。阿嬤動之以情說：「我很羨慕妳咧！我本來有三個姊姊，但兩位都死去了，現在要找她們玩都不行了；妳有妹妹跟妳玩，多好，要珍惜啊。」海蒂說：「我也喜歡有妹妹一起玩，但是真的非常、非常、非常不喜歡她學我。」妹妹不示弱，用話堵她：「妳上次還不是學我。我講什麼話，妳就學我講什麼話；我做什麼動作，妳就學我做什麼動作。」海蒂說：「那是開玩笑的惡作劇，那不算；我說的是正經的畫畫、跳舞、吃東西之類的。」

阿嬤被逼著充當公道婆，調解糾紛。回過頭勸諾諾：「不是跟妳說過別學姊姊嗎？妳不能自己拿點主意嗎？最厲害的聰明人要有創意；妳模仿姊姊，畫得再漂亮或跳得跟姊姊一模一樣，也不是原創，比較起來就遜了點。」妹妹煩惱地說：「可是，我就是想不出來畫什麼才好，也想不出來怎麼設計舞蹈動作啊！就是看姊姊才會啊！」的確是這樣！每次我幫姊姊的自編舞蹈錄影時，妹妹總是興沖沖來參一咖。姊姊通常會停下來跟妹妹商量：「能不能讓我自己先錄獨舞一次，再跟妳合舞一回？或是妳想單獨跳也是可以，怎麼樣？」這時妹妹總是不敢選擇獨舞，因為沒了姊姊示範，她心虛。

阿公於是提供建議：「妳可以做其他的事啊！譬如彈琴、跳繩、扯鈴、搖呼拉圈，妳不是都很在行？甚至比姊姊還厲害。」妹妹很無辜地說：「人家就是喜歡跟姊姊一樣嘛！」阿嬤苦口婆心勸導：「妳喜歡姊姊不能只顧自己的喜歡，喜歡一個人要用對方能接受的方式去愛她，不能這樣不顧別人的感受，強迫別人接受。」阿公的意見更具體：「好！妳喜歡跟姊姊做一樣的事也沒關係，譬如畫畫，妳不用學她，就從畫冊或繪本裡面去找題材，自己練習，不需要跟姊姊畫一樣的東西。」諾諾低頭不語，看似被說服了，實際上還是沒辦法獨立，這樣的爭執似乎永無止境。

疫情期間，姊姊決定畫一幅圖感謝日本贈送COVID-19的AZ疫苗給台灣。妹妹瞥一眼，神不知鬼不覺也模仿著畫了神似的兩幅。姊姊一看，氣死了，嘟著嘴告狀：「阿嬤！妹妹又學我畫，怎麼樣都講不聽。」阿嬤也被搞毛了，兩人各打一大板：「又來了！這算個什麼事呀！姊姊就不能大方一些嗎？成天為這麼個無聊的事吵個沒完。妹妹也是詭異，不學姊姊到底有多難！」

姊姊委屈地哭了，進到書房生悶氣，姑姑隨後進去開解；妹妹留客廳，聽阿嬤苦口婆心說法。一會兒，書房傳出哭聲，阿嬤跟進，姊姊哭得更悲傷了。她抽抽噎噎對姑姑掏心說：

「跟爸爸媽媽告狀，爸爸媽媽說我小器；跟阿公阿嬤說，阿嬤阿公也說我不夠大方。我就不明白，明明是妹妹不對，為什麼他們都阻止不了。我辛辛苦苦想出來的作品，諾諾一下子就抄襲去，這樣對嗎？她沒多久前才答應媽媽說不會這樣了，今天又這樣。」

阿嬤看她義正詞嚴又哭得傷心，也心生不捨。讓她出到客廳跟妹妹一起面對面說清楚。阿嬤牽著她的手出去客廳時，海蒂跟阿嬤說：「請問阿嬤，如果妳絞盡腦汁才寫出來的文章，被別人抄襲去，妳會怎麼想？妳不是曾經說創作是一種智慧財產，智慧財產不能隨便任人抄襲。現在她一次又一次抄襲我，難道我不該生氣！」阿嬤聽了嚇一跳，原來她爭的是智慧財產權！我怎麼從沒想到這個層面來？我一直把她們的爭吵定位在姊姊小心眼及妹妹模仿、學習姊姊的層次，是不是自始至終都沒弄清楚方向及重點！

智慧財產權保障了我作品的創意，我不容許別人越界侵犯；因為海蒂只是個九歲的小孩，所以，創作的東西就只被當作兒戲，無所謂智慧財產權問題嗎？所以，因此毋須受到保障？是這樣嗎？還是姊妹之間不必遵守創作規範、妹妹可以任性挪用姊姊的創意呢？我開始思考這樣的邏輯是否犯了什麼錯誤？而智慧財產權觀念是不是該從幼年就開始？

經過了一番思量，我開始改弦易轍，不再複製仁義道德或溫良恭儉讓的大道理給她，而是轉向法制面，對屢勸不聽的妹妹僭越行為依法懲處。但不知者無罪，既往不究，我想，也許得夥同姊妹倆一起從法制規範的訂立開始著手了。

妹妹道歉過後，姊姊停止哭泣，雙方回歸原始點。我試著心平氣和跟她們說明模仿與剽竊的區別，雖然這個問題到目前為止連很多大人都不太能確切定義，還有許多模糊空間。譬如：妹妹諾諾就不十分服氣，她辯稱今天姊姊的畫裡拿日本國旗的那雙手是右高舉、左下接，她的畫剛好相反，手是左上舉右下垂，而且她的畫上有注明贈送的疫苗數字，姊姊的沒有。妹妹還把雙方作品並列，一一指出細微不同處。這位姑娘一向擅長雄辯，她坐在沙發上點明異同之後，自己還忍不住掩嘴竊笑。我嚴正判定構想明顯複製，細節的略微更換，並無法改變剽竊的事實。妹妹上訴無效。

她眼珠子一轉，又為後路開出奇招。她說：「那萬一我根本沒有看過姊姊的作品，卻恰好畫出跟姊姊一樣的作品，那怎麼辦？那我不是太冤枉了！」

這傢伙！我說這種事發生的可能性幾近於零，暫時不予討論，以後遇上了再說。這讓我想起我的母親，在被告知遺傳學中A型跟O型血液的父母生不出B型的孩子時，非常擔心可能有意外發生，一直追問：「那樣，萬一不小心真的生出B型的孩子怎麼辦？誰敢保證就不會有那樣的事呢？到時候被人家說是跟別的男人偷生的，不是冤枉死了？」原來，不管大人小孩都有著相似的盲點憂懼。而當我跟靜娟姊煲電話時，靜娟姊笑著建議：「下次如果抄襲，教諾諾在畫作上寫『向海蒂致敬』。」

「剽竊」定義下來後，對於剽竊者的處置，則由阿嬤來立法。兩個娃兒最近正好熱中蒐集獎卡活動，她們自製各式圖卡給阿嬤保管，有好表現時，阿嬤會視優良事蹟的情節輕重發給一或兩張獎卡。集三十張獎卡者，可以獲得她們朝思暮想的有水袖的古裝或清簡的日本和服。我規定，將來若有剽竊情事發生，剽竊者必須賠償受害人二張或三張獎卡。

為了及早得到古裝或和服，諾諾接續下來的時間小心翼翼地開始改變積習，就不知她能持之以恆否，且讓我們拭目以待吧。

——原載二〇二一年八月二十日《聯合報・副刊》

我們都活在改變中

孫女海蒂和諾諾跟我強烈推薦一齣阿富汗的動畫片《戰火下的小花》，海蒂說故事動人，圖畫尤其棒透了。我是個聽話的阿嬤，當晚立刻上Netflix觀賞，看到淚流。電影用套匣子方式，以女主角的真實遭遇跟女孩子說出的小男生故事相互指涉。誤觸手榴彈而被炸死的小男生吃盡苦頭企圖找回象徵生命綿延種籽的故事和小女生不辭辛勞迢迢救回監牢裡的父親，兩者互為表裡，在悲傷中傳遞一分不死的希望；其間，隱藏對幾近被囚禁的阿富汗女性艱困的處境和征戰不斷的男性社會的尚武與野蠻。

當地女性依附男性而生，不僅全身包裹密實，若沒有男人陪伴，甚至不准外出。這讓我聯想起三年前看到的一則報導。台灣的高中自然領域新課綱為了著重陳述不同性別及族群，我們熟知的居禮夫人，將回歸她本身家族的姓氏，改稱「瑪麗亞．斯克沃多夫斯卡—居禮」，而不是以附屬式稱謂出現在教科書裡。

新聞裡竟然出現公衛系教授唯恐會出現國際接軌障礙；也有老師認為若換名字，學生可能不熟悉，教學時得解釋「這就是居禮夫人」，很麻煩；更有甚者，認為學生連居禮夫人都記不住，改成那樣就更難記了；更荒唐的還說：「性別平等不是自然科學需要著墨的重點。」看到這裡，真的叫人傻眼。

時代進步了，民法中，女性結婚後，不再如以前般隸屬男性，可以選擇不再冠夫姓，是台灣很值得驕傲的平權實踐。教育從細微處著手改革，讓大家知道這位偉大的女性系出何門，跟國際接軌全不相干。

從前我們只知道她是居禮先生的夫人，現在知道她的本姓是什麼，名字叫什麼，只是還她一個公道，如果老師以為需要再提醒「瑪麗亞·斯克沃多夫斯卡—居禮就是居禮夫人」是麻煩事兒，我不知道當老師該有多懶。而因為學生可能記不住，就免掉人家的本姓和名字，這不就跟原住民報戶口時，為求好記，就強迫他們改為漢名一樣的不文明。人

家的姓名豈是為了讓你好記而取的。

最離譜的是，重要的基礎性平概念，居然只須在人文科學裡教導，在自然科學的領域裡就不必計較。這根本是偏頗的思維，完全悖離教育理念。何況，資料顯示她保留了原生家庭的姓Skłodowska，只在後面加上丈夫的姓Curie，而不是像絕大多數婚後的波蘭人，直接換成丈夫的姓。某種程度來說，也表述了她的自我身分認同。

每個人都需要有自己的名字，兩位小孫女從小就知道。姊姊看童書，裡頭有主角的太太叫葉氏，她就問：「她的名字就叫葉氏嗎？」我跟她說：「以前的女人沒有名字，就是姓葉的女士。」她執意問：「為什麼以前的女人會沒有名字？」等到文章當中講到男主角的次子時，諾諾又問：「次子是什麼？」「就是第二個兒子。」她也執意再問：「那他應該有名字吧，他到底叫什麼名字？」

我們跟她們一起看某本童書，一開頭就是：「從前有個不想睡覺的小女孩，雖然太陽已經走得遠遠的，這個小女孩就是不想睡覺。」諾諾又問：「這個不想睡覺的小女孩到底叫什麼名字？」姑姑說：「等一下也許就會出現名字吧。」但從頭到尾，始終沒有出現。諾諾很失望地問：「為什麼小女孩會沒有名字？」即使只是個不想睡覺的女孩，也該有個屬於自己的名字，這是小朋友的民權初步認定，也是時代的改變。每個人都該有自己的名字。不該只是誰家的太太；某先生的夫人；誰誰的次子；或逕自稱呼小女生為「小女孩」，這是當時四歲多的娃兒堅持的信念。

幾年過去了，分別升上小四和小二的這兩個小姑娘，接受了更多的濡染與教育，她們知道女孩不必然只玩芭比娃娃，也可以玩車子或鐵金剛；她們知道男生用粉紅牙刷或穿紅色上衣沒什麼奇怪；從新聞中還得知女校學生穿短褲進校門，教官不該有意見。我告訴她們：「時代的改變太劇烈了，譬如：以前覺得花錢買東西是浪費，現在政府要發消費券給民眾，希望我們多去跟商家『交關』，這叫『消費刺激生產』，可以促進經濟復甦，這是既有觀念的改變。很多老人家看不慣，他們不習慣改變。」

孫女續問：「他們為什麼不喜歡改變？」我說，很多人不喜歡改變，是因為無法確定改變以後的結果是好還是壞。怕風氣會因此敗壞，整個社會秩序被破壞。「那妳也是老人家，妳喜歡改變嗎？」我說：「我對新的觀念會反覆思考，如果思考後，覺得這個改變有些微往好的方面發展的可能，我會勇敢接受。」我舉兩性平權的例子給她聽：

「阿嬤有些女性朋友，她們愛女生，也有一些男的朋友愛男生。以前都不敢說出來，怕被家裡人罵或被朋友取笑，偷偷地相愛，有的人受不了壓力，甚至痛苦到去自殺。阿嬤看著覺得很同情，只要不妨礙別人，愛什麼樣的人是自己的選擇，應該都沒關係。」海蒂也深有同感，她說：「是啊，我媽有一位女生的朋友也喜歡女生。她說她自己想當男人，沒關係啊，這是她自己的事。」

「是啊，但以前這樣的人是不敢公開自己喜歡同性的，現在是因為經過不停地爭取，同性結婚才被國家的法律承認，我好慶幸生長在這個年代。」我說。海蒂接著問：「是同性戀的人去爭取的嗎？」「不只是同志自己爭取而已，許多人都覺得這樣規定沒道理，大家一起持續去爭取好多年才成功的。」

阿嬤說得興起，談到年少時在台中女中讀書，班上有兩位女同學每天手牽手，形影不離，有人還宣稱看過她們兩人親嘴。那時候，風氣很保守，同學們聽了，都在背後嗤之以鼻。

海蒂忽然問：「那阿嬤是同性戀嗎？」我說不是，解釋道：「那時候一些專門招收女生或男生的學校，常常有類似的傳言出來。其實，未必真是同性戀，只是相處的都是女生或都是男生，青春期，難免在同性別的同學裡找個愛慕的，但好多都是短暫的錯覺。阿嬤初中時，也非常喜歡一位同班女同學，成天注意她的一言一行，只要她跟誰較要好，我就吃醋，在日記裡用隱密的方式寫出哀怨的情意。」

「那妳是真的很愛她囉。」我說：「那時候確實好愛她，為了愛她，很怕被同學排斥，或被人指指點點。」我還告訴海蒂，長大以後，發現有很多同志因為怕被奇怪的眼光鄙視，男生雖然愛的是男生，卻設法跟女生結婚，一輩子過著不開心的生活。海蒂聽了，恍然大悟地說：「喔，我現在知道了。原來阿嬤愛的是女生，因為怕別人批評，不得已才設法跟阿公結婚的。」小孩子居然這麼會聯想。全家人聽了都鬨笑，阿公心都碎了。

我轉移話題問：「那妳現在有喜歡的男生了嗎？」她坦然承認有一個。我接著問：「妳怎麼知道自己愛他？看到他會心跳加快嗎？妳為什麼喜歡他？」面對這一連串的問號，海蒂可大方了，她一本正經回說：「還不到『愛』的程度，只是欣賞。他很愛看書，也很會運動，多才多藝。我喜歡這樣的男生，不喜歡打來打去、吵個沒完的。」我補充海蒂的話，說「這樣的男生可以用『動如脫兔、靜如處子』來形容。」她盛讚阿嬤的比喻很傳神。

我欣慰孫女擁有正確的兩性觀念，坦蕩大方，一點也不忸怩作態；也期待將來她真的能找到「動如脫兔、靜如處子」的真命天子；而最慶幸的是，我們都樂意活在改變中，沒有心如死水。

——原載二〇二一年十月一日《鹽分地帶文學》

下午茶時間

下午茶時間，小孫女取了桌上的一塊堅果塔給我說：「阿嬤，吃一塊堅果塔吧。」我道謝後，她接著說：「這是阿嬤最喜歡吃的東西吧？配咖啡最好。」我問她怎麼知道這是我最喜歡吃的？她說：「好久以前有一個中秋節，妳的學生曾送來堅果塔當禮物。我記得妳很開心地邊吃邊說：『這種堅果塔配咖啡，怎麼這麼好吃！我以前怎麼都沒吃過？』那時，我就記住阿嬤最喜歡拿這個來配咖啡！」

我好驚訝，才七歲的諾諾居然還記得多年前阿嬤曾經說過的話，真是太感人了。

我邊喝咖啡，邊滑手機看私訊；諾諾膩在身邊瞎湊熱鬧。FB上這個對話框是五位閨蜜的群組，有事、沒事，我們五人就分別上去說說、聊聊，有沒有人回應，大家都不會太在意。有時開了個話題，馬上有人秒回，但也有三天後才姍姍來遲接上話題的，畢竟只是閒話家常，偶爾被訕笑：「這次××的反應足足慢兩天，小心老人失智。」也覺得有趣。每每寫作或閱讀了一陣子後，我就會刷一下手機，隨機回應一下，當作休閒，滿舒心的。

我把私訊往上拉高，再循序往下看。一旁的諾諾看了一會兒，停下吃餅乾，說：「阿嬤！我知道這四位姨婆都是妳最要好的朋友，但為什麼妳們五個人的對話，那些姨婆都寫短短的，只有妳一個寫得那麼多、又那麼長？」

我沒多想，說：「是嗎？是這樣嗎？」她用指頭迅速上上下下滑動對話框給我看，我這才發現的確我發話的藍色方塊特別頻繁出現，而且還落落長。我的回應確實比較迅速並且長篇累牘。畢竟我已經退休了，生活的節奏可以自行調整。但我對孫女觀察與歸納的迅即反應感到欣慰。

既然孫女提出疑問，我得當一回事地作答。我說：「因為阿嬤話多，當慣了老師，喜歡跟人分享想法。」

「妳們都在這裡說些什麼啊！」諾好奇地問。

「好朋友說什麼都可以啊！譬如看到什麼好文章，遇到什麼有趣的事，得到什麼新資訊，在電視上看到的好電影，甚至生活裡開心或不開心的心事都行。」

我隨便滑了一下，指著新寫的一則私訊給她看：「今日看《聯副》鄭培凱教授悼余英時教授文，心有戚戚焉，雖然余先生已高壽，卻仍不捨。」閨蜜的回應只是四個閃亮的愛心。但嬤孫二人卻展開深談：為什麼四位姨婆都只貼愛心，沒回答？鄭培凱、余英時是誰？余英時死去被登上報紙，他是個重要的人嗎？妳認識他嗎？為什麼他死了妳心裡難過？……我跟她一來一往聊了好久，不確知她領略了多少；但我好安慰，孫女好奇阿嬤的人際關係，也關心阿嬤的心事，這樣慢慢閒聊，有一天也許她會想起來吧。

接著，小孫女從書包取出一張「藝起來」邀請卡，卡上被邀請人的空白處，諾諾特別題上「親愛的阿公阿嬤姑姑」幾個字，諾諾解釋是學校舉行的畫展。阿嬤瞥一眼，跟阿公說：「學校在疫情期間開畫展，還邀請家長參與，不怕群聚風險嗎？」諾指著卡片說：「看清楚：是『熱情邀請您至××小學藝起來線上藝廊網站，欣賞我和同學們在藝術課上的創作喔！』是在網路上的展覽，不用去學校看的。」

阿嬤慚愧之餘，藉口老花眼，顧左右而言他。問她有沒有參展？她說應該有。畫什麼？不知道。阿嬤自作聰明說：「沒關係，我等會兒來掃描QR

Code就可以看到了。」諾諾又說了：「阿嬤——卡片上有寫展出時間欸，請妳要看清楚。」阿嬤戴上眼鏡，定睛一看，展出時間還沒到，還得等上一星期。

阿嬤羞愧不已，孫女嘆了口氣說：「所有拿到的東西都請妳要戴上眼鏡，一字一句看清楚，千萬不要敷衍了事，知道嗎？」成語「敷衍了事」好像是我經常說的，這下子尷尬地反彈到自己身上來了。

我敬謹稱是，誠心接受孫女的指導。

雖然被責備了，但我滿心歡喜。希望孫女就這樣一天天長大，勇於發問，學會找答案。看到周邊發生的事物、想到所有的美好，慢慢歸納、分析，能夠溫柔表達愛，也毫無所懼地說出自己的想法。

——原載二〇二一年十月十五日《停泊棧》

月亮知道我的心

送兩個小孫女上床睡覺。點上小燈，關上門，回到書房繼續還沒完成的專欄稿子，從窗外望去，月亮渾圓，這才想起原來是中秋前夕。

接近午夜，稿子終於完成。我伸個懶腰，轉身回頭，竟然發現兩個小妮子低頭露出慚愧的表情，就站在我身後。我沒料到，大吃一驚，問：「怎麼一回事？」她們怯怯說：「怎麼辦？我們都睡不著欸。」工作圓滿完成，次日還放假，無事一身輕。我爽快說：「睡不著就別睡了，阿嬤剛好寫完功課了，帶妳們下樓去看月亮，順便試騎新車。」

二姝睜大眼睛，齊聲問：「是真的嗎？」看起來是一副準備被責備卻反倒得到獎賞的不可置信的驚喜表情。換好衣服，揣著鑰匙、酒精跟餅乾，戴上口罩，嬤孫三人背著已經呼呼大睡的阿公和姑姑，提早去見月亮。

換了新車的海蒂和接收姊姊舊車的諾諾心都快樂地差點飛起來了，但兩人還是努力關照阿嬤慢跑的節奏，在前頭騎車，領著阿嬤跑步。接著，姊姊讓妹妹試著也騎騎看較高大的新車，沒料到妹妹居然真的騎上，而且一路馳驅過去，月亮看到臉都白了。

運動完畢，我們在小公園的水龍頭用肥皂洗洗手、噴過酒精，我拿出袋內的餅乾，開始在月光下吃起來。邊吃、邊喝、邊聊天。小朋友對爸爸的童年故事百聽不厭，阿嬤說了又說，每次都增加一些情節，每次小朋友都興奮異常。這回因為百感交集，增添了身歷的現實故事。我說：「今年的中秋節我特別開心，因為一位跟阿嬤生氣的學生，忽然寄來他們家鄉的特產。」海蒂問：「就是幾年前曾來我們家過年的那位叔叔嗎？」我問：「妳怎麼知道？」海蒂說：「前兩天，妳把剛接到的兩包煎餅送我們一包時，不是問過我還記得那位穿格子服來一起過年的叔叔嗎？妳不是還很驚訝我怎麼還記得他嗎？」

才幾天我居然就忘了，顯然是因為過度高興而忘記的吧！海蒂說：「那天，我問妳，這位叔叔怎麼好久都沒來阿嬤家了。妳不是說他在寫論文太忙，寫完應該就會再來？妳是因為得到兩包煎餅很高興嗎？」我解釋不是因為有煎餅可吃而開心，是因為他願意跟老師重新聯繫。我邊走、邊跟她們兩個小人兒說：「阿嬤教書那麼多年，從來不曾遇到過這種跟老師絕交的事，心裡難過很久。如今，總算恢復邦交，又可以重新來過，所以很高興。」

海蒂問：「他有跟妳道歉了嗎？」阿嬤說：「沒有，他自己如果覺得沒有做錯事，幹嘛需要道歉！阿嬤當時自以為是他的老師，有責任提醒他某些事，他也許覺得我多事，或我說話時不經意間讓他心裡受傷。我覺得在這種狀況下，沒有必要道歉。他都已經當老師了，應該知道怎麼做比較妥當，不需要因為我是他的老師就道歉，除非他自己覺得無理。何況，就算道歉也不一定需要說出來，他送餅給我，我就當他不再生氣了，送禮是回應我這些年不時寫私訊求和的等待。」

海蒂牽著車子跟我和妹妹並排走，她仰頭很誠懇地跟我說：「我以為能讓妳教到的學生應該感到很榮幸的。」月光下，被九歲孫女稱讚的我，眼睛忽然一下子熱了起來。

三個月後，我在從宜蘭返回台北的火車上，忽然接到那位學生捎來的私訊，說剛好有事想上台北一趟，希望能約方梓、向陽老師和我一起晚餐，不知我方便嗎？當時端坐著的我，和同行的朋友並坐著，忽然被溫柔偷襲似地，眼睛陡然熱了起來。

幾日後，我應邀聚餐。我們仿若不曾發生過任何嫌隙似地，歡談著，師生情誼很快就接續上，就像昔日一樣：品評食物，為它拍照；談論文；聊八卦；開玩笑……。分手的時候，我和他擁抱，他在我耳邊悄聲說：「謝謝老師不計前嫌。」

一路頂著希微的月光回家，電梯門開，兩位小孫女衝上前來，齊聲問：「他道歉了沒？」我微笑以對，月亮知道我的心。

——原載二〇二二年一月二十五日《停泊棧》

嬤孫易位的扮演遊戲

孫女海蒂、諾諾好為人師，從小熱中角色扮演，尤其喜歡纏著我們玩上課遊戲。老師永遠是由她們當，阿嬤、姑姑只能認命當學生。阿公被老師主動放棄，阿嬤抗議為何有人可以豁免，小老師說：「他不認真、打瞌睡，被退學了。」

這兩位老師負責教導的科目有美術、跳舞、認字、閱讀……族繁不及備載。先前，海蒂去舞蹈教室學習舞蹈，開始變身為舞蹈老師。每次來阿嬤家必開班授課，報名、繳費、跳舞課護照……發放手續完整，等閒不馬虎，通常由妹妹擔任助理，負責行政。上課時，只見阿嬤、姑姑和妹妹站老師面前，老師先教導分解動作，接著放送音樂連貫跳起來，架勢十足。

動作不正確當然會被揪出到旁邊做輔助教學；動作生澀不流暢也不能輕易放過。這位老師相當嚴格，幾堂課後，還得分別獨舞讓她打分數。阿嬤記憶不佳，動作生澀，常常吃盡苦頭。

幾次下來，只好討價還價說：「阿孋老了，可以不要這麼嚴格嗎？」海蒂老裡老氣糾正：「上課要集中精神，這跟老不老沒關係，妳就是沒記動作嘛，光是跟著我跳是不行的，我又不能老在妳前面示範。」阿孋差點哭了，討饒說：「我就是記憶不佳，柔軟度不夠，真的沒辦法啊。」她於是放寬標準，讓阿孋不用深蹲。雖然如此，還是屢試不「過」，她嘆口氣說：「那妳留下來，我再給妳做補教訓練吧。」阿孋好絕望。

上了兩節課後，阿孋疲累倒在沙發上。小老師精力無限，宣告休息片刻，第三節還有唱遊課，阿孋大驚失色。諾諾跑過來拉人，阿孋渾身無力，用著虛弱的聲音說：「我今天下午在外頭教過好幾堂課，賺錢很辛苦，阿孋就負責觀賞好不好？」因為情辭懇切，得到諾的諒解。但海蒂很不以為然，故意在另兩人的學習護照上蓋了許多嘉勉的章子。諾諾很興奮地跑來跟阿孋炫耀，說她學習單上的格子全蓋滿了。「阿孋！妳的呢？」害阿孋很不是滋味。

諾諾當老師則比較會鼓勵學生，沒有上過英語課的她，有一次居然主動要求上場教英文。大家都等著看她玩什麼把戲。她慎重其事先布置會場，給學生擺桌椅，送英文字帖；然後將A 4紙黏在客廳櫥櫃上充當黑板，從A開始，用筆寫出一個字母，再換上長長的指揮棒指著字，要我們隨著她念出發音。再來，她先示範：「A有apple」之後，被指揮棒點到的人要學樣說出A開頭的字。譬如阿嬤說「and」、姑姑說：「apologize」；教到B時，諾示範「banana」，阿嬤說「baby」，姑姑就說：「bread」；C則是「cat」、「cake」、「chicken」……一直教到M，她每寫一字，全場都瞠目結舌。雖然L會寫成下引號的」，轉彎轉錯邊了。原來姊姊在家念英文，她都跟著偷偷學。相形之下，她的教學較生動活潑，注重互動，是個會鼓勵人的好老師。

一回，上繪畫的即席考試。海蒂幫大家先備好畫圖紙和彩色筆，每人都各有一張桌椅。考試很嚴格，由老師當場命題，三位學生依題作畫，不准偷看別人，且限時完成，老師當場打分數。

題目包含六個主題，分別是熊貓、小貓、行李箱、小女生、小男生和書本。考試結果，諾跟姑姑得了六百滿分，阿嬤敬陪末座，只得五百四十分。阿嬤抗議老師偏心，評分不公。海蒂當場反駁，說：「含文跟諾諾都畫得很像，很好看。」指著阿嬤的圖批評：「妳的熊貓長得很醜，小貓根本不像，小男生的臉怎麼可能那麼方！這都要扣分的。」

阿嬤不服，含文幫忙說項，從手機裡找出許效舜的臉給她看，說確實有人的臉是方的。二姝看了，哈哈大笑。海蒂說：「方的不好看，所以只扣十分啊。」堅持她的審美觀。阿嬤開始反攻：「妳光會考別人，老師自己也應該會畫才行，妳也示範畫一下吧。」海蒂很乾

脆，二話不說，三兩下也畫出六張美美的畫來。阿嬤一看，只好甘拜下風。

最恐怖的課程是系列「鬼滅課」。她們顯然有備而來，第一節課準備了角色的圖片，放在前方白板上，兩人各執一支教鞭，由海蒂介紹，諾諾補充，兩人的搭配堪稱天衣無縫。光六個角色的介紹，就讓阿嬤七葷八素的，因為每個人的名字都落落長。她們邊介紹人物，邊推進劇情。那日課程結束，海蒂還從包包裡掏出一本《鬼滅之刃心理學》，交代：「這禮拜妳們先看這本書，預先備課一下。」阿嬤跟姑姑相對扮鬼臉。

第二個禮拜，前情提要，複習一下後，打開電視的《鬼滅之刃》動畫電影，找到一段，放出來給大家看，作為輔助教學，引起學生的興趣，這周比較輕鬆。

第三周進入小測試，兩位老師輪流出題，鬼殺隊總共有幾個隊員？跟炭治郎同時通過最終選拔的劍士叫什麼名字？培養炭治郎進入鬼殺隊的人是誰？鬼最怕什麼？鬼殺隊中唯一不砍斷鬼脖子的人又是哪一個？……姑姑答出了幾題，阿嬤唯一十拿九穩的，以為鬼怕人的口水的答案居然也是錯的（中國的鬼原來跟日本的鬼不一樣）！阿嬤全軍覆沒。老師直搖頭，不敢相信這樣的學生居然在大學裡教書。

第四周，角色照片的看板收起來，宣布測試專心度。各發給每一學生一張沒有著色的角色照，讓學生為他們的衣著打扮上色。阿嬤完全束手無策，諾諾經過身邊，阿嬤偷偷尋求援助，嚴厲的海蒂老師立刻目光如炬地警告：「做人要光明磊落，考試請勿作弊。」彌豆子的眼珠子是什麼顏色？蝴蝶忍的頭髮、甘露寺蜜璃的腰帶、煉獄杏壽郎的衣服又各是什麼顏色……。海蒂不好意思說什麼，但對阿嬤的印象應該是一整個改觀的吧？原以為受敬重的教授原來是個不成材的學生。

透過這些易位的師生／嬤孫扮演遊戲，教了一輩子書的阿嬤，這才確實理解：「當老師其實容易，當學生真的好難。」而且，遊戲也不是純然只是好玩，「術業有專攻」的成語確實一點也不錯。

——原載二〇二二年二月一日《停泊棧》

是益智遊戲嗎？

繪本書《可以跟你做朋友嗎？》裡討論「我長大了嗎？」書裡有人問「怎樣才算長大？」於是，分別有人回說：「是長高到可以碰到天花板嗎？」「當我們有工作的時候？」「當我們有小孩以後？」「是當我們知道很多問題的時候嗎……」最後一位問：「有一天我們會不再長大嗎？」

阿嬤就拿這問題問二妹。海蒂答：「當我們老了以後就不會再長大了。」諾諾試探地輕聲說：「應該是死掉以後吧？」阿嬤說：「人老了，身體可能不會再長大，但是如果有求知欲，願意再學習新的東西，他的腦子還是會長大，變成更聰明的人。像阿嬤每天都還在看書、想事情，就還會長大。」

阿嬤正滔滔不絕細說大道理時，諾諾也許是不耐煩了，不停在床上翻滾、捲棉被，不停發笑。阿嬤不高興，閉了嘴，不說話。等她從棉被裡露出臉孔，姊姊警告她：「阿嬤生氣了，諾諾！要聽阿嬤說話，不然，阿嬤都不跟我們玩了。」

諾諾這才正襟危坐，說：「阿嬤剛才說什麼我都沒聽到？」海蒂說：「請阿嬤再說一遍。諾，妳要好好聽喔！」於是，我開始針對諾提問：「人老了還會長大嗎？」

「會。」「怎麼長大？」「心會長大。」「心怎麼知道有長大？」「有知識。」「怎麼樣會有知識？」「學習。」賓果！對答如流而且切中肯綮！阿公說：「諾看起來是個聰明的孩子。」

次日，諾諾做功課，阿公一旁看著，諾諾心不在焉，頻頻出錯。阿公搖頭對阿嬤說：「看起來我想太多，以為她很靈光。」阿嬤說：「你太高估她了。」諾諾不好意思笑了。在書房寫功課的姊姊海蒂忽然傳出來聲音：「阿公，那是你的夢，不是現實。」好尖銳的針砭，像支穿心箭，一箭穿心！

諾理性自我分析說：「我知道阿公為什麼這樣高估我了，因為剛上一年級時，功課太簡單，我都

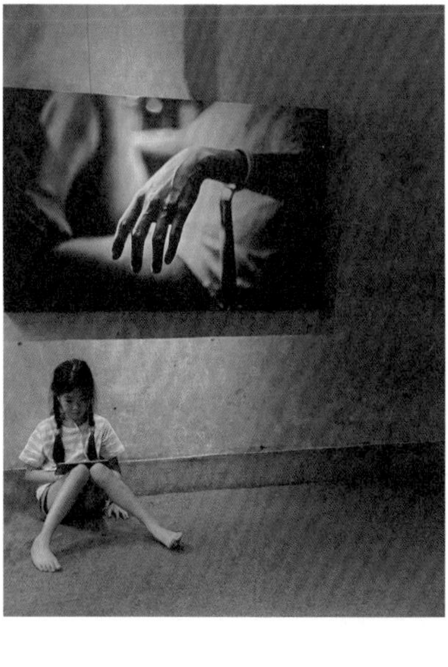

做得很快，阿公就以為我很聰明；其實是現在的功課比較難，很容易出錯。」阿嬤很持平做結論：「功課較難雖然也是事實；但最重要的是現在諾諾覺得好玩的事太多，比較不專心。當然，阿公老了，夢想不切實際也是真的。」

過了幾日，阿嬤去接海蒂下課，一路聊天回家。

期末考統統結束，阿嬤問考得如何？自己滿意嗎？她說數學、社會都還可以，國文今天才考，還不知道分數。海蒂忽然問：「我爸爸小時候的成績都考幾分？」

阿嬤說：「他小時候常常都考一百分。但沒關係，有人小時候聰明，有人聰明得比較晚。妳現在看起來分數沒爸爸高，可是，以後說不定會比爸爸厲害。」

海蒂又問：「爸爸智商一三六，算是高的嗎？」阿嬤說：「算是高的吧！但也沒什麼，比他高的還很多。」「那阿嬤的智商多少？有比爸爸高嗎？」阿嬤說：「應該比他高吧！」海蒂追根究柢：「那到底是多少？妳去測了嗎？」阿嬤老神在在回：「阿嬤沒去測過。」「既然沒測過，那妳怎麼知道妳的智商比爸爸的高？」海蒂沒放過細節。

阿嬤本來是開玩笑，沒料到她當真緊咬，只好吹牛：「這不是想也知道的事嗎？妳沒看阿嬤拿到博士學位，又當到教授，還寫了那麼多本書。智商能不高嗎？我只是沒去測而已。」「妳為什麼不去測？」海蒂沒放過阿嬤。阿嬤其實是不敢去測，怕測出來太低會瞬間變笨，正想著如何狡辯。海蒂恍然大悟幫阿嬤解圍：「我知道了，妳是怕測了太高，機器爆掉？」好聰明的小孩！真是阿嬤的乖孫女，全家爆笑。

剛解決了海蒂的疑惑，過幾日，諾諾也來書房聊天。阿嬤感覺像在接受教授提問，主題是「我爸媽小時候是怎樣的小孩？他們念什麼學校？優秀嗎？怎麼樣才是優秀？他們的功課如何？他們算成功嗎？」……我問她問這些幹什麼？她說想知道爸爸媽媽小時候夠聰明嗎？我猜測她可能覺得這會影響到她的未來。我戰戰兢兢，如履薄冰。題目環環相扣，像很深入的問卷調查一樣。她每一開口，我的心就嚇一跳。

「爸拔上的成功中學算是好學校嗎？有多好？」我說：「是他的前三志願。」

「政大為什麼是好學校？」她又往上問。「因為重要的電視或報紙記者都從那個學校畢業，是想學新聞的人心目中最想念的學校，競爭很激烈，是你爸的第一志願。他在畢業前就推甄上的。」「什麼是推甄？」我不知道七歲不到的孩童要知道到怎樣的程度，只回：「他的同學還要經過再一次考試前，他已經先被錄取了，經過兩關。」她忽然問：「像找工作一樣，要經過面試嗎？」原來她連這都知道，應該是看過她媽媽面試新進員工。

問完她爸爸的問題，還加問相關題：「我爸為什麼跟我媽結婚。」我說：「應該是愛上了吧！」她說：「我是問為什麼愛上的？」我說：「應該是妳媽聰明吧！」她繼續追問：

「我媽媽聰明嗎？她念什麼高中？大學念哪裡？是好學校嗎？」我說：「高中我不知道，大學聽說去美國念的，至於什麼學校我也不知道。這部分的問題可能直接問妳媽或問外婆會比較清楚；但看現在的表現，應該算是優秀的。」我反問她：「念什麼高中或大學有什麼關係，重要的是現在的表現好不好！」她追著提問：「那現在他們表現得如何？成功嗎？」我說：「現在顯然還沒成功，他們還年輕，以後才知道。現在我覺得他們很認真。」她點頭同意，像老人嘉許小孩一樣說：「他們現在是很認真沒錯。」

阿嬤就這麼認真接受嚴格且漫長的面試，她的問題一大堆，唯一沒疑問的是阿嬤問她：「那妳覺得阿嬤成功嗎？」她很肯定地說：「當然成功！因為阿嬤是教授，會演講，還會出書。」阿嬤說：「當教授、演講或出書都不算什麼，阿嬤最成功的是當上了妳跟姊姊的阿嬤。」諾恍然大悟說：「說來說去，還是阿嬤最聰明。」

她們的媽媽聽說了以後，問諾：「妳為什麼要問這些？」諾回：「我只是好奇。」媽又問：「如果我念不好的學校妳就不愛我了嗎？」諾說不會啊！媽媽又問：「如果我念好學校妳就會更愛我嗎？」諾回：「也不會，因為我的愛已經到極限了。」

這些家常問答，都是益智問答遊戲嗎？

——原載二〇二二年九月二十三日《停泊棧》

跋

人生有「幸」

前幾日，為了一場演講，我在電腦裡翻找著一份資料，不經意間看到下面這封信：

親愛的廖老師：

很冒昧地寫信給您，我是上星期開始旁聽台灣作家專題課的學生，也是同學們口中憂鬱文青——之群的學妹，我的名字是幸萱。

不瞞老師說，來聽老師的課以前，我手裡彷彿也拿到了副壞牌，並且走了一段有些曲折的路。再一次回到起初離開的原點時，也帶回了許多尚未痊癒的細碎傷口和淡淡淚痕，惱過怨過忌妒過甚至恨過，不明白為什麼就是無法像身邊許多的人一樣，走上看似理所當然的坦途、順利地開展目的明確而風景舒朗的旅程。而在心情平復再度開始振作以後的這一段日子，偶然聽見什麼相關的話題依然還是會有些微傷感。

然而，昨天老師分享的那段往事與稍後的一席話，讓我幾乎要在教室裡落淚，心裡充滿了溫暖的感動。我並非不明白人生裡難免總有些意外，也曉得上帝常會在每個人的生命中安排各種化妝的祝福，然而老師昨天和我們分享的那段過往是那樣的真實而有力量，讓我更深刻地體認到那些人生困境背後的課題和意義。

我仍然記得自己來時的模樣和這一路上所擁有過的種種起伏，花了兩年或者我所不知更長的時間，學會謙卑與柔軟的功課，重新調整了自己以後再度回到原點，我如今更明白自己手裡握著的並非注定了無希望的壞牌，因著老師的故事讓我更堅定相信，生命每個階段都帶著逆轉勝的可能。

真的很謝謝老師，昨天下了課以後很想直接向老師表達心裡那些感謝和感動，但實在是害羞又怕詞不達意，心裡許多的激動和感觸只好用文字來表達。我想我永遠都會記得昨天那個陰天微雨的午後，坐在課桌前看著老師眉眼帶笑地談著曾經是憂傷過往時臉上綻放的神采與光芒，願來年我也能如老師一樣，用這樣真誠動人的生命體悟為他人帶來美好的祝福。

祝老師無論是在什麼樣的日子裡，身體和靈魂都充滿力量。

幸萱敬上

看完了這封信，鼻子驀地一酸，說不清楚確切的感受，感動是，擔心似乎也有那麼一點。依我一向的習慣，是不大可能對這封信已讀不回的，但我曾回覆了她什麼樣的文字？或我的回覆是否曾經給她些許的安慰？或曾經讓她明確知曉這封信對我的意義嗎？

因為時隔多年，我的記憶已然模糊，但由信裡寫的一句「我如今更明白自己手裡握著的並非注定了無希望的壞牌」猜測，這位同學提到的，我分享給他們的那篇文章，極可能是收錄在二〇一三年出版的《在碧綠的夏色裡》（九歌）的〈人生不相見〉一文。內容是回首我年少痴狂時的一次純真的愛戀，時移事往後，與當初痴戀對象重新邂逅的惆悵與領悟。也許那時她也面臨跟我文中所寫同樣的困境，她從我回述時的微笑釋懷中，看到事過境遷的逆轉勝可能吧。

經歷了十餘年，這位同學當初的問題必然解決了吧？她如今過得安好嗎？文筆相當不錯的她，還寫作嗎？她如今安在？我不禁好奇並關心起來。

我認真商請一位當年的研究生陳淑玲幫忙協尋，淑玲敏慧，也對老師的託付極為上心。雖然對幸萱沒有印象，但透過層層關係，高效率地在半天內將這位名為「幸萱」的學生緝捕到案。幸萱在Messenger裡的電話回應我的是歡快明朗的聲音，我瞬間熱淚盈眶。我邊用電話和她應答，邊飛快地登上她的臉書觀看照片。臉書上觸目所及是幸萱光燦的笑容和小家庭的甜蜜互動。（感謝淑玲和之群）

接著，她很快從遠端寄來一張今年暑假帶學生們去台東做建築服務的照片，丈夫和女兒一前一後站著，好登對的一家人。知道她已然有了美好歸宿，真是太高興了。

我們談著別後種種，知她目前還在進修、寫論文。她說：「感謝老師一直掛記著我，我現在在做的研究是關於原漢雙族裔原住民青年的族群認同議題，也算是在回應自己生命的重要課題。或許能透過這個方式給予正迷惘著自己是誰、該走向何方、成為什麼模樣的年輕一代一些力量，或是成為撐開某種生命空間的支點。」我回看她照片中臉龐上的分明輪廓，猜測這個論文非但對她的族群探源深具意義，也必然會給處於迷惘中的人，帶來深刻的鼓舞能量。

我不忘探問這位昔年的文青是否還執筆創作？她說目前先把創作能量放在努力寫作論文上，以後再說。我後來滑開她的臉書貼文來看，幾乎每篇都是對社會的關懷，不管是轉PO為外籍漁工募冬衣活動或支持香港的年輕人、為白紙運動加油，甚至介紹發人深省的原民議題電影……在在都展示了她對社會正義的焦慮。這種焦慮及用心，據諾貝爾文學獎得主祕魯作家尤薩的說法，就是文字的創作動機；而很神奇的是，我居然在貼文中看到一句萬分熟稔的句子：「內心沮喪疲憊的時候，就抬頭感受萬物的溫柔。」跟我常在新書簽名會中為讀者所題字句有深度的吻合，我只是換句話說：「偶爾抬頭看看天，常常俯首想想人，文學就在抬頭、俯首間。」幸萱以為自己沒有在創作，實則這些論文或貼文都是廣義上的「創作」。

互道珍重後，掛掉電話。我有些激動，不期然想起元稹的〈遣悲懷〉詩：「同穴窅冥何所望，他生緣會更難期。」他生緣會既是難期，就更該珍攝今生的邂逅。我感謝幸萱的勇於示愛，讓我覺得人生有「幸」。雖然我們彼此接觸時間只是短暫，因為一封課後回饋信，我恍然憬悟這些年來敬謹以赴的教學、演講和寫作都變得意義非凡。即使我只是像上面所說，敘說了一段曾經的失落。

廖玉蕙

廖 玉 蕙 作 品 集 2 2

早安，窗邊上的玫瑰

國家圖書館出版品預行編目（CIP）資料

早安，窗邊上的玫瑰 / 廖玉蕙著 . -- 初版 .
-- 臺北市 : 九歌 , 2023.02
面； 公分 . --（廖玉蕙作品集；22）
ISBN 978-986-450-523-4 (平裝)
863.55 111020685

作　　者 —— 廖玉蕙
插圖作者 —— 蔡全茂
封面題字 —— 奚　淞
責任編輯 —— 李心柔
創 辦 人 —— 蔡文甫
發 行 人 —— 蔡澤玉
出　　版 —— 九歌出版社有限公司
臺北市 105 八德路 3 段 12 巷 57 弄 40 號
電話 / 02-25776564・傳真 / 02-25789205
郵政劃撥 / 0112295-1

九歌文學網 www.chiuko.com.tw

印　　刷 —— 晨捷印製股份有限公司
法律顧問 —— 龍躍天律師 ・ 蕭雄淋律師 ・ 董安丹律師
初　　版 —— 2023 年 2 月
定　　價 —— 380 元
書　　號 —— 0110722
I S B N —— 978-986-450-523-4